Bernt Danielsson
Von hier bis Kim

Bernt Danielsson

Von hier bis Kim

Aus dem Schwedischen
von Birgitta Kicherer

anrich

Titel der schwedischen Originalausgabe:
HÄRIFRÅN TILL KIM

HÄRIFRÅN TILL KIM erschien erstmals
1988 bei Norstedts Förlag AB (Awe/Gebers), Stockholm

Einband: Karin Lechler
Gesamtherstellung: Bercker Graphischer Betrieb, Kevelaer
ISBN 3-89106-092-0

„Don't you know it's
always hard at the start..."
(Wilde)

1

Vier Wochen vor Ende des Schuljahres hab ich die Penne hingeschmissen.
Einfach so?
„Klar, einfach so",
antworte ich darauf mit der coolsten Stimme, die ihr je gehört habt.
Es wurde ganz einfach TOO MUCH. Mir wurde es schlichtweg zuviel. Alles in mir sagte stop, und schließlich weigerte ich mich, jemals wieder auch nur einen Fuß in diesen Backsteinhaufen zu setzen, der hier als Gymnasium bezeichnet wird.
Jetzt, dachte ich, jetzt ist ein für allemal genug.
Eines Montagmorgens, als wir am Küchentisch beim Frühstück saßen, räusperte ich mich und sagte:
„Ich schmeiß die Penne hin."
„Washastegesagt?" murmelte meine Mutter abwesend und streckte den Arm nach den Cornflakes aus.
„Ich schmeiß die Penne hin, ich hör auf."
„Sei nicht albern", brummte der Big Boss säuerlich.
Da stellte ich die Kaffeetasse mit einem Knall ab und wiederholte:
„Ich schmeiß die Penne hin!"
Mein Vater verschluckte sich an seiner Grütze, und meine Mutter ließ die Schachtel mit den Cornflakes fallen.
Das war natürlich erst der Anfang. Ich brauchte zahllose

Tage und Abende, um meine Eltern davon zu überzeugen, daß ich es tatsächlich ernst meinte. Und als sie es schließlich einsahen, schickten sie mich sofort zu lauter Psychologen, Schulberatern und Ärzten – lauter todernste Erwachsene mit bekümmerten Mienen, die in ihren Schreibtischsesseln kippelten und unbegreifliches Zeug daherlaberten.

Meine Eltern laberten ebenfalls unbegreifliches Zeug daher. Sie wurden deprimiert und behaupteten, alles sei ihre Schuld, sie fragten, was denn passiert sei, sie wollten wissen, ob ich in „schlechte Gesellschaft" geraten sei, ob ich zu trinken angefangen hätte oder heimlich Hasch rauche oder

„ – was ist eigentlich passiert?!"

„Nichts", sagte ich kurz, „absolut nichts. Und das ist es ja gerade."

Das kapierten sie schon gar nicht, was ich auch nicht erwartet hatte.

„Aber hör mal! Du wirst doch verstehen, daß man, also, du mußt ... daß wir..."

„Ich geh nicht mehr hin", wiederholte ich hartnäckig immer wieder aufs neue, „daran läßt sich nichts ändern. Ich geh nicht mehr hin."

„Herrgottnochmal, so kannst du dich doch nicht benehmen", krächzte meine Mutter mit tränenerstickter Stimme und begrub ihr Gesicht in einem weiteren Papiertaschentuch.

„Verdammt nochmal, hast du denn überhaupt kein Verantwortungsgefühl!!??"

Diese Worte kamen natürlich von väterlicher Seite angedröhnt, und dabei versuchte mein Alter auch noch, drohend auszusehen. Das mißlang ihm natürlich gründlich – wie immer.

Also ehrlich, wie kann man sich einbilden, daß man drohend aussieht, wenn man eins vierundsiebzig (1.74!) kurz ist, rote strähnige Haare hat, die seitlich über eine wachsende Glatze gekämmt werden, wenn man eine runde

Brille aufhat, die einem ständig auf die Nasenspitze rutscht, und zu guter Letzt auch noch einen heftig schwellenden Bierbauch vorzuweisen hat, obwohl man sonst eher mickrig geraten ist? Wie kann man sich da allen Ernstes einbilden, man könne seinem 186 cm großen Sohn gegenüber gewichtig und drohend auftreten? Also mal ehrlich. Ich frage ja nur.

Auf diesen schicksalhaften Morgen folgte ein Inferno ohnegleichen. Ein ständiges Hin- und Hergerede, verzweifeltes Seufzen, ätzende Ermahnungen, bebende Zeigefinger, heftige Ausbrüche und ein ungeheurer Verbrauch an Papiertaschentüchern.

Quel scandale! (Das ist Französisch und bedeutet „welch ein Skandal".) Von nah und fern rief die Verwandtschaft an, drückte ihre Anteilnahme aus und nahm an der öffentlichen Trauer teil. Bald wurde mehr oder weniger jedes Haupt in der ganzen Stadt sorgenvoll geschüttelt. Es wurde gestöhnt, und unzählige Augen wurden gen Himmel verdreht. Gespräche verstummten abrupt, wenn ich zufällig vorbeikam.

Eines Nachmittags, ungefähr eine Woche nach dem großen Stunk, kam ich in den ICA-Laden. Dort klebte die übliche Tantenclique an ihren Einkaufswagen. Ich kaufte eine Fleischwurst und zwölf Dosen Bier.

Auweiauweiauwei! Das gab vielleicht ein Geflüster und Getuschel.

Quel scandale!

Was die Tanten und die Kassiererin nicht wußten, war, daß ich die zwölf Dosen Bier für meinen Vater besorgt hatte, und daß die Fleischwurst als Mittagessen vorgesehen war.

Aber an und für sich – was hatte ich denn erwartet? In diesen miefigen Kleinstädten, die so klein sind, daß man jede einzelne ihrer Straßen im Laufe eines einzigen Vormittags abklappern kann und zwar in gemächlichem Tempo, da braucht man ja bloß in der Nase zu bohren, um einen Skandal zu erzeugen.

Aus reiner Rücksichtnahme (auf euch natürlich) werde ich nicht verraten, wie mein sogenannter Geburtsort heißt. Es reicht, wenn ich sage, daß es ein Kaff ist, das irgendwann in den sechziger Jahren den Größenwahn bekam, weil ein paar Bürokratensilos dorthin verlegt wurden. Das Freizeitangebot des Ortes besteht vor allem aus Tanzabenden für die reifere Jugend im Volkspark, wo *Urban Ängs und Siv* und *Leif-Ragnars* ihre Furzmusik runtergeigen, außerdem aus Volkshochschulkursen für Volkstanz und Lampenschirmbasteln sowie aus ein paar Bingo-Hallen.
Es gibt sogar vier (tatsächlich!) Kinos, aber die schließen immer abwechselnd, was zur Folge hat, daß wenigstens eins von ihnen *manchmal* einen Film zeigt, und das ist dann entweder ein Rocky-Rambo oder ein unbegreiflicher Schnarchowski.
Ein McDonalds hat das Kaff auch noch aufzuweisen und drei Würstchenbuden, von denen Börjes Grill am Marktplatz der heißeste Tip ist (mißversteht mich bitte richtig).
Diese sogenannte Stadt liegt mehrere Zugstunden nördlich von Stockholm. Genügt das?
Und jeder kennt natürlich jeden, und jeder weiß natürlich, was jeder treibt. Also wußte jeder Dackel über Nacht, daß ich ein undankbarer Rotzlöffel war, der meine armen engelhaften Eltern mit Betrübnis überhäufte. Ich sollte mich in Grund und Boden schämen! Die reinste Lynchstimmung herrschte, wenn ich mich nur auf der Straße zeigte. Und das war kein Wunder, denn 93% der Stadtbewohner bestehen aus völlig beknackten Nullen, die ihr Leben mit Getratsche und hirnrissigem Gesabbere vergeuden. Mein Pech war, daß ausgerechnet unsere Verwandtschaft zu den allerübelsten Vorsintflutlern gehörte. Also könnt ihr euch ja denken, was los war...
Quel Elend! Ich begann, meinen Entschluß bald zu bereuen. Vielleicht wäre es doch einfacher gewesen, die Bewährungsstrafe einfach abzusitzen, will sagen, noch ein

Jahr weiterzubüffeln und dann einen Job zu suchen – wenn es überhaupt einen gab.
Aber, aber – getan war getan.
Während all dieser langen, späten, schluchzenden und schreienden Gespräche am Küchentisch versuchte ich, ma mère et mon père wirklich genau zu erklären, wie ich mich fühlte, wie vollkommen hoffnungslos, sinnlos ich die ganze Scheiße fand.
Aber zuhören war bei denen nicht drin.
Sie seufzten.
Habt ihr das gehört?
Sie SEUFZTEN!
Und laberten eine Menge Schwachsinn. Der Schwachsinn handelte vor allem von der Zukunft. Die Zukunft, die Zukunft – dieses Gespenst, dieses rote Tuch, diese trügerische Illusion.
„Die Zukunft, die Zukunft – dieses Gespenst, dieses rote Tuch, diese erbärmliche Illusion",
wie es in meinem Buch steht.
Mein Buch? Na ja, wenigstens der Versuch zu einem solchen, mehr als 31 vollgekritzelte Kollegblockseiten ist nie daraus geworden. Dann gab ich auf.
Während einer dieser immer hitziger werdenden Diskussionen schlug mein Vater in einer verzweifelten Geste die Hände auseinander, genau wie die Franzosen es immer im Kino machen. Dann schleuderte er sich die rote Tarnmähne über die Glatze, suchte an der fleckigen Küchendecke Stärkung und sprach mit zusammengepreßten Kiefern:
„Aber du mußt doch um Himmels willen wenigstens wissen, was du werden willst?!"
Da wurde es mir zuviel. Ich starrte ihm finster in die Augen, erhob mich zu meiner ganzen, für ihn so imponierenden Größe und knurrte mit meiner besten Harrison Ford-Stimme:
„Wie soll ich wissen, was ich werden will, wenn ich nicht mal weiß, wer ich bin??!"

Und damit verließ ich den Raum.
Ich begab mich geradewegs in mein Zimmer und schrieb die Bemerkung in mein Tagebuch. Durch die papierdünnen Mieterbauvereinswände hörte ich deutlich, daß ihm das, was ich gesagt hatte, kein bißchen gepaßt hatte. Er schlug mit der Faust auf den Küchentisch und stieß brüllend einen Fluch aus – dann wurde es ganz still.
Jetzt ist er gestorben, dachte ich, jetzt hat er den erwarteten Herzinfarkt gekriegt und seinen Abschied eingereicht.
„Who cares?"
brummte ich müde, und dann wurde mir ganz eiskalt, weil ich diesen Gedanken überhaupt gedacht hatte.
Ich warf den Stift weg, legte den Kopf auf dem Schreibtisch in die Arme und weinte. Heulte, besser gesagt, aber so leise wie möglich, ich wollte ja nicht, daß sie was hörten und womöglich reinkämen.
Natürlich wollte ich nicht, daß er sterben sollte – ehrlich gesagt hatte ich ihn ja gern. Aber stimmte das auch? Oder war das vielleicht nur eine alte Gewohnheit? Ich hatte mir meine Eltern schließlich nicht aussuchen können. Andererseits hatten die bei ihrem Kind auch keine Wahl gehabt. Aber wie ist das eigentlich – hat man seine Eltern wirklich gern, wenn man seine Eltern gern hat, oder ist das nur eine Gewohnheit, die im Laufe der Jahre immer tiefer verwurzelt wird? Spielt es überhaupt eine Rolle, was für Eltern man abbekommt? Ganz gleich, wie sie sind, mit der Zeit lernt man eben, „sie gern zu haben", denn das gehört sich ja so, und schließlich glaubt man tatsächlich, daß man sie gern hat. Ist es etwa so?
Als ich fertig geflennt hatte, ging ich auf den Lokus und spülte mir das Gesicht ab, und da ich schon mal da war, pißte ich auch gleich. Dann ging ich in den Flur und schaute ins Wohnzimmer, wo Mother and Father auf der Couch vor der Glotze saßen. Sie sahen beide sehr müde aus. Bestimmt ist das meine Schuld, dachte ich. Plötzlich hätte ich am liebsten losgebrüllt:

„Ich will glücklich werden, kapiert ihr das? Ich will glücklich werden, sonst nichts!"
Aber das hätte mein Vater wahrscheinlich nicht verkraftet. Nein, wenn ich das gebrüllt hätte, dann hätte das Nitroglyzerintabletten, Krankenwagen, Intensivstation und Herzmassage zur Folge gehabt.
Also ließ ich es bleiben – aus purer Rücksicht.
Nach wahnsinnig vielen WENN und ABER und ABER und WENN und VIELLEICHT und WARUM? und BLABLABABBELBLA und WEISSTDUDENNJETZTWASDUWILLST! und ABERABERABER und SEUFZSTÖHN und AHAACHSO und HABICHSNICHTGLEICHGESAGT und ÄCHZ und ABERWENN, stellte sich heraus, daß ich tatsächlich in Stockholm im Musikgymnasium weitermachen konnte.
War das eine Erleichterung!
Mann, als ich das erfuhr, wurde mir ganz schwindelig. Stockholm! Raus ins Leben! Von daheim wegziehen! Here I go! Alleine wohnen! Jetzt kann's losgehen! Watch it – here I come!
OH! OH! OH!
Dann erfuhr ich, daß ich bei Tante Agnes wohnen sollte. Na ja, von mir aus, dachte ich, okay, okay – ist zwar nicht gerade das, was ich mir vorgestellt hatte, aber wenigstens ist es Stockholm...
Und Musikgymnasium, das klang echt gut. Mußte es wohl oder übel auch tun, das war nämlich der einzige Ort in dem ganzen bekackten Land, wo ich aufgenommen werden konnte. Doch, das ist tatsächlich so – wenn einer sechzehn ist und aus dem verschimmelten Kaff rauskommen will, wo er zufällig auf die Welt gekommen ist, gibt es nicht allzu viele Alternativen. Mein Glück, daß ich ganz passabel Gitarre und Synthi spielen konnte. Wenn ich es richtig verstanden hatte, war das Musikgymnasium eine normale Penne, wo eine Menge Musikunterricht in den normalen Lehrplan eingesprengt war. In meinen Ohren klang das geradezu traumhaft, obwohl es mir in jenem Augenblick mehr oder weniger scheißegal war,

welche Schule ich besuchen würde. Hauptsache – weg von daheim. Das war eine Frage von Leben und Tod. Ich wäre überall eingestiegen, wenn es nur in einer anderen Stadt lag. Hätte es in Lycksele einen Gymnasialkurs für Pissoirtester gegeben, hätte ich mich ohne zu zögern in den Zug nach Norden gesetzt.

Eines muß unbedingt festgehalten werden: auch wenn sie noch so sehr nervten und nölten, waren The Parents doch verdammt anständig. Nachdem sie den Schock erst mal überwunden und eingesehen hatten, daß es mein blutiger Ernst war, strengten sie sich mächtig an, um mir zu helfen. Und das machten sie auch noch gut, so gut, wie zwei groß geratene Kindsköpfe es eben können.

Alle Eltern sind groß geratene Kindsköpfe, vergeßt das nicht.

(Auf jeden Fall all jene, die nicht zuzugeben wagen, daß sie tatsächlich immer noch Kindsköpfe sind, sondern unbedingt so tun müssen, als wären sie „erwachsen".)

Eigentlich gaben sich die meisten ziemlich viel Mühe mit mir, obwohl sie natürlich alle erst mal versuchten, mich zum Bleiben zu überreden, wenigstens bis ich mit der Schule fertig sei. Doch das ging nicht.

Ich mußte ganz einfach weg. Mir ging es so abgrundtief beschissen, daß ich weg MUSSTE. Ich mußte weiterkommen. Ich fühlte mich eingesperrt und bedrückt. Es war zu eng. Ich hatte es satt, jeden Dämlack zu kennen, den man auf der Straße traf. Ich hatte all die sogenannten Kumpels satt, die mich nie tun und sein ließen, was und wie ich selbst wollte – immer waren *sie* es, die viel besser wußten, wie ich zu sein hatte.

Ein anderer Grund, warum ich wegmußte und am liebsten nach Stockholm wollte, hatte mit einer großen *Sehnsucht* zu tun.

Wonach ich mich vor allem sehnte, wovon ich jeden Abend träumte, bevor ich einschlief, und jeden Morgen sofort nach dem Aufwachen, das war eine *Frau.*

Nein, kein Mädchen, keine Puppe – eine FRAU.

Mmm, genau das – eine FRAU.
Die Frau sollte so zwischen fünfundzwanzig und dreißig sein, ihr versteht schon, was ich meine. So wie in Penthouse.
Einmal im Monat schwang ich mich aus Sicherheitsgründen aufs Fahrrad und strampelte zu einem kleinen Kiosk, der weit draußen vor der Stadt lag. Dafür brauchte ich eine Stunde hin und eine zurück. Dort kaufte ich das neueste Penthouse. Ja, genau das: PENTHOUSE. Wenn schon, denn schon. An diesen plumpen, primitiven schwedischen sogenannten „Herrenzeitschriften" war ich kein bißchen interessiert – die waren ja nichts als peinlich.
Daheim versteckte ich die Zeitungen in einem Schrankfach in meinem Bücherregal, in das ich eine doppelte Rückwand eingebaut hatte. Im Laufe der Monate mußte ich wohl oder übel die Seiten, die ich behalten wollte, herausreißen (HA, HA, ganz recht – *nicht* die Artikel!), da der Platz so begrenzt war.
Wovon ich also wie wahnsinnig träumte, das war nichts mehr und nichts weniger als eine FRAU.
Eine ganz besondere FRAU.
Ich wußte genau, wie sie aussehen und wie sie sein mußte. Schön, natürlich, mit so einem vollendeten Körper (nicht zu viele Kurven, sondern alles genau RICHTIG proportioniert), und dann mußte sie reif sein und erwachsen, aber auf diese GUTE Art, (ihr wißt schon). Und sie mußte mir einfach alles beibringen, nicht nur Sex.
Schön, sexy, weich, bestimmt, verständnisvoll und heiß verliebt in The One and Only – will sagen, mich.
Das Angebot an solchen Frauen in unserer Stadt war, gelinde gesagt, begrenzt – es gab sie nämlich überhaupt nicht.
Aber in Stockholm, dachte ich, in Stockholm, da gibt es sie bestimmt...
Vielleicht schon im Zug, dachte ich, vielleicht schon, wenn ich in den Zug steige...

Als ich am Morgen zum Bahnhof kam, stellte es sich heraus, daß drei Wagen des Zuges echte Antiquitäten waren, ungefähr so wie in „Mord im Orientexpreß“. Alle drei waren natürlich Erster-Klasse-Wagen, aber das war mir echt egal.

Ich stieg in den erstbesten ein, hievte meine beiden großen Koffer rauf und stiefelte rein. Ich drängte mich durch den Korridor und linste neugierig in die Abteile.

Im ersten saßen zwei ältere Herren und diskutierten so eifrig und ernsthaft, daß ich sie nicht zu stören wagte. Im zweiten Abteil saß eine ganze Familie – vier verschmierte Kinder, eine sehr dicke Matrone und ein sehr dünner, magerer kleiner Vater. Dort gab es noch einen freien Platz, aber ich hatte keine Lust, mir meine Jeans mit Schokolade vollschmieren zu lassen.

Die Kinder glotzten mich feindselig an, als ich vorbeiging.

In das nächste Abteil trat ich ein.

Und da saß sie.

2

Sie sitzt am Fenster. Sie trägt ein weißes, enganliegendes Kleid. Wäre es schwarz gewesen, hätte man es als „das kleine Schwarze" bezeichnet. Sie trägt keinen Schmuck, abgesehen von einer langen Perlenkette, die so schlicht aussieht, daß sie sehr exklusiv und teuer sein muß.
Sie blättert zerstreut in einer dicken Zeitschrift, und als ich ihr gegenüber Platz nehme, sehe ich, daß es die italienische Ausgabe von Vogue ist. Sie sieht auf, lächelt mich mit sorgfältig geschminkten, glänzenden Lippen und funkelnden Augen an und sagt:
„Ciao",
mit der melodischsten Stimme, die ich je gehört habe.
Sie ist schön. Unbeschreiblich schön. Sie ist eine Frau, ihr wißt schon: eine FRAU. Sie ist all das, was Anna, Lena und die anderen Mädchen in der Schule nicht sind und auch nie werden können – eine FRAU!
Im selben Augenblick, als ich mich hinsetze, fährt der Zug ruckelnd an, er klappert rüttelnd aus dem Bahnhof und beginnt langsam, aber gleichmäßig zu beschleunigen.
Ich versuche, die Augen von ihr abzuwenden, aber das geht nicht, ich muß einfach hinschauen. Meine Augen kriechen über ihren Mund, ihren Hals, ihre Brust und ihre Beine. Ich spüre, wie meine Jeans im Schritt zu spannen beginnen und meine Hände warm und feucht werden.

„Ich sehe, wie du unruhig und leicht nervös zu verhindern versuchst, daß dein Blick meinen Körper erforscht, doch das gelingt dir nicht. Immer wieder gleitet dein Blick zu meinen Knien, er wandert liebkosend weiter und drängt sich durch den

Stoff meines Kleides. Ich rücke etwas zur Seite, öffne ganz leicht die Beine... Und sofort ist dein Blick dort. Jetzt ist er entschieden, fest und heiß."

Langsam steht sie auf. Ihre Augen ruhen ununterbrochen auf mir. Es fällt mir schwer zu glauben, daß es wahr ist. Ich träume, denke ich. Ich schlucke und schlucke und weiß nicht recht, wohin, und gleichzeitig weiß ich es nur zu gut.

Mit einem ruhigen Lächeln legt sie die wenigen Schritte zurück, die uns trennen. Sie beugt sich über mich und legt ihre Hand außen auf meine Jeans – über meinen pochenden Schwanz.

Ihre Nägel sind rotlackiert und spitz. Auf dem Handrükken zeichnen sich die Adern unter der leicht sonnengebräunten Haut ab.

Ihre andere Hand fängt meine Hand ein und führt sie an ihren Schenkel hinauf.

Ich fühle die rauhe, kühle Oberfläche des Nylonstrumpfes – wie die Zunge eines jungen Kätzchens. Meine Hand wandert unter den Kleidersaum und immer weiter hinauf.

„Mein Körper, mein erwachsener Frauenkörper, gegen deinen gepreßt, gegen deinen Körper – deinen jungen, wachsenden, frisch erwachten Körper. Deine eifrigen Hände, die sich vortasten, die immer kühner werden – all over me, mich öffnen, meine Brüste unterm Kleid einfangen. Mein Mund gegen deinen, meine Lippen gegen deine."

Plötzlich, als ich sie gerade küssen will, hindert sie mich daran. Einen kurzen Augenblick lang wird mir eiskalt vor Angst, daß sie es bereut haben könnte, daß sie an ihren Mann denken muß oder sonst was. Das wäre nicht eben ungewöhnlich – so was hat man ja schon öfter erlebt, allerdings jedesmal natürlich nur mit *Mädchen.*

Sie blickt mir lächelnd in die Augen und geht zur Abteiltür, um sie zu verriegeln und die grünen kleinen Filzvorhänge herunterzuziehen.
Dann dreht sie sich um. Sieht mir wieder in die Augen, und mit einer einzigen, perfekt berechneten Bewegung streift sie das weiße Kleid ab.
Mit langsamen, gleitenden Schritten geht sie auf mich zu.
Ihre Unterhose ist aus weißer, glänzender Seide und kräuselt sich rhythmisch bei jedem Schritt.
„Komm, bambino", flüstert sie mit feuchten Lippen, „komm..."
Und ich bin da, ganz nah bei ihr. Sie verströmt Wärme, sie ist warm und heiß – nur für mich, nur für mich.

> „Dein Mund an meinem Nabel. Deine Lippen wandern nach unten, deine Zunge preßt sich durch schwarzes, krauses Haar, und ich spreize meine Schenkel, und deine Zungenspitze tastet sich vor. Du preßt dein ganzes Gesicht hinein, trinkst meinen Wein, deine Zunge gräbt sich in mich hinein, und ich presse die Schenkel um dein dunkles Haar und halte mich fest..."

Meine Zunge an ihrer warmen heißen Möse. Meine Zunge, die ihre heißen Tore öffnet.

> „Und dann meine Hand, die den Reißverschluß öffnet, die sich hineinschleicht, sich am Stoff der Unterhose vorbeitastet und sich schließlich um dich schließt – die sich um das harte, pochende, heiße, noch wachsende, junge pulsierende Du schließt."

Und ihr Mund.
Ihr Mund, oh, ihr Mund.
Rotglänzende Lippen, die sich um mich schließen – und dann bin ich da, in ihrem Mund, pochend und vibrierend.

„Ich schmecke dich. Ich spiele mit dir, ich lehre dich und lerne selbst. Ich genieße dich, und du genießt mich, ich trinke dich und will immer nur mehr haben, mehr und mehr und mehr, ich will deinen geilen Schwanz überall spüren. Ich will, daß dein glänzender Schwanz explodiert und mich mit seinem heißen Leben erfüllt, mit seiner Geilheit, mit seiner Lust, seiner Freude. Ich will und ich bin hier, nur für dich, jetzt im Augenblick, nur für deinen Schwanz, für deine Hände und deine Zunge, mein ganzer Körper für dich!“

3

Na, was sagt ihr jetzt?
Nicht schlecht, was?
Das war doch recht gut, oder – um nicht zu sagen, verdammt gut?
Ja, genau, finde ich auch. Aber, um ehrlich zu sein, muß ich zugeben, daß ich das Ganze aus einem Buch geklaut habe. Nicht daß das etwas ausmachen würde, das meiste im Leben klaut man ja eh, nicht wahr? Aber gebt zu, daß es gut war?
Welches Buch?
O nein, ich habe keineswegs vor, zu verraten, was für ein Buch das ist. In der Bücherei ist es sowieso nicht zu finden. Und GANZ BESTIMMT nicht in der Kinder- und Jugendbuchabteilung.
Diese Bezeichnung ist wirklich der pure Hohn!
Kinder- und Jugendbuchabteilung!!
Völlig wahnsinnig. Die stecken mich doch glatt zu den Fünf- und Sechsjährigen; die erwarten doch tatsächlich, daß ich mich mit kreischenden Kleinkindern in der Schlange vor der Ausleihe drängle! Einfach unglaublich!
Nun, ich war also fest davon überzeugt, daß es in Stockholm von Penthousepuppen nur so WIMMELTE, die vor Begierde nach meinem jungen, eifrigen, scharfen Körper völlig außer sich geraten würden.
In meinen schwächsten Augenblicken sah ich natürlich ein, daß selbst *wenn* die Stadt von leckeren Pet-of-the-Month-Exemplaren nur so überquoll, und selbst wenn eine von ihnen wirklich auf mich abfahren würde, ich trotzdem nichts wagen würde. Nein, vermutlich würde ich auf der Stelle eine Mücke machen.
Also, es ist doch so, daß es nicht nur darauf ankommt,

auf diesem Gebiet etwas zu *wagen* – nein, außerdem muß man sich doch in die Hosen machen vor Angst, daß sie ein Kind kriegt oder daß man sich Syphilis oder den Tripper holt oder – AIDS!!!
(Mit Weltuntergangsstimme à la amerikanischem Video herausposaunt.)
Apropos Strafe Gottes. Wenn man für religiöse Grübeleien veranlagt wäre, müßte man ja schon längst bekehrt sein. Zuerst kam die Pest, und dann kam AIDS. Die Strafe Gottes. Alle Sünder werden weggefegt. Anfangs kam AIDS ja in so raffinierter Form angeschlichen, daß nur diejenigen starben, die, christlich gesehen, am allermiesesten dran waren – Schwule, Fixer und Nutten.
Und Neger...
Also, da muß doch irgendwo ein Fehler unterlaufen sein, glaube ich. Vielleicht so: als Gott seine GROSSE STRAFE verteilte, erklärte er seinen Unterlingen, wie sie zuwege gehen sollten, und da sagte er wahrscheinlich etwas ähnliches wie:
„Und die Strafe soll nur jene treffen, deren Seelen ganz schwarz sind, die Sünder mit dem allerfinstersten Gewissen..."
Er drückt sich ja meistens so undeutlich und verschwommen aus. Und die Unterlinge, die Unterlinge, die wie üblich vor sich hindösten, während der Alte quasselte, die glaubten, er hätte „die Schwarzen und die Sünder" gesagt. Und dann gingen sie ans Werk und hätten fast ganz Afrika ausgelöscht.
Das war ein echter Schnitzer!
Aber AIDS oder nicht, dachte ich – in Stockholm gibt es sie, in Stockholm gibt es SIE, dort gibt es eine FRAU, eine FRAU für mich.
In Stockholm gibt es Tante Agnes, sagte eine spöttische Stimme, und Tante Agnes – das klingt wie eine alte Zimtziege aus einem Lore-Roman.
Ja, das finde ich auch. Aber ich kann nichts dafür – die Schwester meiner Mutter heißt nun mal Tante Agnes.

Nein, natürlich heißt sie nicht Tante Agnes, sondern nur Agnes. Aber da sie meine Tante ist, wird es eben so, man nennt sie Tanteagnes, als wäre es ein einziger Name.
Sie wohnt in Karlavägen, mitten in der hochgestochenen Gegend von Östermalm, wenn ich mich nicht irre. In der Nähe von Karlaplan hat sie eine große Vierzimmerwohnung in einem Eckhaus. Und in einem dieser vier Zimmer sollte ich also einquartiert werden.
Ich hatte sie erst dreimal getroffen. An die beiden ersten Male konnte ich mich nicht erinnern, damals war ich nämlich so klein, daß ich kaum sprechen konnte. Das dritte Mal war vor fünf oder sechs Jahren, da haben wir sie in Stockholm besucht. Damals kam Tante Agnes mir schrecklich alt vor, aber das lag wahrscheinlich daran, daß ich selbst noch schrecklich jung war. Die Jüngste war sie selbstverständlich nicht mehr, immerhin ist sie sieben Jahre älter als meine Mutter.
Natürlich war es ziemlich peinlich, daß ich bei Tante Agnes wohnen mußte. Aber es war immerhin Stockholm. Und in Stockholm wartete ein neues Leben auf mich – A Brand New Life.
Dort würde alles anders werden, davon war ich überzeugt. Ich würde den lahmarschigen Jungen hinter mir lassen, in den mich das Zombiekaff verwandelt hatte, und mit ihm auch all die Zombies, die dort lebten. Wenn ich das alles erst mal hinter mir hätte, würde es mir sehr viel besser gehen. A new career in a new town, wie Bowie einmal sagte.
Doch, natürlich hatte ich das auch schon gehört – daß man vor sich selbst nicht fliehen kann. Davon war ich allerdings nicht restlos überzeugt. Und außerdem hatte ich das ja gar nicht vor – ich wollte *zu* mir selbst fliehen, so war das. Und ich mußte es wenigstens testen. Vielleicht würde es mir in Stockholm ja genauso mies gehen, aber ich war davon überzeugt, daß es viel mehr bringen würde, mich im Big Burger am Stockholmer Stureplan bekotzt zu fühlen als vor Börjes Grill daheim am Marktplatz.

Schlimmer konnte es auf jeden Fall nicht werden.
Die ersten Anfälle, oder wie man es sonst nennen soll, bekam ich im Herbst des Jahres, bevor ich den Bettel hinschmiß.
Das muß echt superdämlich ausgesehen haben. Hätte ich mich selbst sehen können, hätte ich bestimmt zynisch und roh über mich gelacht. Also, das sah so aus: Mitten im Gewimmel (so wimmelig, wie es in diesem Kaff eben werden konnte) auf unserem Einkaufsboulevard numero uno latschte ich vor mich hin. Es war ein Samstagvormittag, ein dumpf herbstfarbener Samstag im Oktober. Und da ging ich und schlenkerte mit einer Einkaufstüte.
Und dann, ganz plötzlich, erstarrte ich. Irgendwie wurde ich mitten in einem Schritt gelähmt. Mit einem Fuß in der Luft blieb ich stehen und bekam einen totalen blackout. Ich kauerte mich hin, als würde ich wahnsinnig frieren oder als hätte ich einen Krampf, und dann kniff ich die Augen zu und versuchte, die Arme tröstend um mich selbst zu schlingen.
Das muß ganz einfach umwerfend komisch ausgesehen haben.
In Wirklichkeit war es alles andere als komisch – es war echt beschissen.
Das erste Signal war ein Stich in die Magengrube, und dann drückte irgendein abgefeimter Sadist mir einen Riesenstein mit scharfen Spitzen und Kanten in die Innereien. Der besagte Stein war ein Mühlstein, der mit raffinierter Langsamkeit begann, mich innerlich total zu zermalmen.
Ich fühlte mich einsam. FÜRCHTERLICH EINSAM. Total verlassen und total ausgeliefert. Gleichzeitig wurde mir ein großes schwarzes Tuch aus Trauer umgehängt.
Ich trauerte ganz einfach um mich selbst.
Und nicht genug damit, ich bekam außerdem eine Wahnsinnsangst. Angst vor dem Tod und Angst vor dem Leben, Angst vor Menschen und Angst vor Einsamkeit...

Ich war fest davon überzeugt, daß ich auf der Stelle sterben würde.
Das tat ich aber nicht. Mit übermenschlicher Anstrengung gelang es mir, die Augen zu öffnen und mich aufzurichten. Verwirrt lief ich davon und spürte, wie alle hinter mir hergafften.
So war es beim ersten Mal. Danach kam es immer häufiger vor, daß ich von ähnlichen Anfällen psychischer Übelkeit niedergeknüppelt wurde. Es war ganz schön bekackt. Bald raste ich aus, dachte ich, bald verwandle ich mich in einen lallenden Idioten, oder ich bekomme einen Tobsuchtsanfall und werde lebensgefährlich. Bestimmt bin ich reif für die Klapsmühle, demnächst kommen sie und holen mich und fangen an, mit der Zwangsjacke vor mir herumzuwedeln.
Gleichzeitig überkam mich das Gefühl, daß *alles* – TOUT, wie es auf französisch heißt – völlig sinnlos war. Die Schule war die reine Pest und völlig wertlos, mir war klar, daß es diese Einrichtung nur gab, damit man nicht in der Stadt herumlungerte und anfing, lästige Fragen zu stellen.
Ich haßte die Stadt und die engen Straßen, wo das Leben zäh an einem vorüberfloß, ungefähr wie brauner, klebriger Sirup. Pfui Spinne.
Ich haßte mich selbst, wagte meinem Blick im Spiegel nicht mehr zu begegnen. Ich fühlte, wie ich mich Tag für Tag auf eine verheerende Katastrophe zubewegte – ich wußte nicht, was, ich wußte nur, daß sie über mich hereinbrechen würde.
Ich bin eben down, dachte ich, das gibt sich.
Es wurde nur noch schlimmer.
Tag für Tag. Schlimmer und schlimmer.
Natürlich hatte ich schon mal was von der Pubertät gehört, aber die hatte ich meiner Ansicht nach bereits erledigt. Ich war der Meinung, die Pubertät sei überstanden, nachdem die Stimme zusammengebrochen war und man zum erstenmal onaniert hatte.

„ONANIEREN", das klingt doch echt peinlich, oder?
Und wenn man es statt dessen so ausdrückt:
„Nachdem man zum erstenmal gewichst hat."
Das klingt ja auch nicht gerade viel besser.
Auf jeden Fall: damit glaubte ich, die Pubertät hinter mich gebracht zu haben, aber ganz so einfach war es vielleicht doch nicht. Na ja, was spielte das schließlich für eine Rolle? Also, ich meine nur, das, was eine Rolle spielte – das, was die Hauptrolle spielte, war ja die Tatsache, daß es mir mit jedem einzelnen Tag beschissener ging.
Ich fand meine Mitschüler unerträglich beschränkt, einfältig und bescheuert. (Das finde ich immer noch, in diesem Punkt hatte ich auf jeden Fall recht.)
Ich fand die Stadt provinziell, spießig und einfach WAHNSINNIG ÖDE. (Und das ist sie auch – damit hatte ich also auch recht.)
Ich fand meine Eltern lächerlich und ätzend. An und für sich waren sie wohl recht liebe Eltern, aber was heißt das schon? Konnte man das nicht eigentlich von ihnen erwarten? Ich hatte nicht darum gebeten, auf die Welt kommen zu dürfen, es war schließlich ihre Schuld, daß es mich gab, nicht wahr?
Und ich fühlte mich einsam.
WAHNSINNIG EINSAM.
Und
WAHNSINNIG UNVERSTANDEN.

Dieses Gefühl wuchs und wuchs und ließ sich schwer erklären. Aber ich versuchte es trotzdem, o ja, ich versuchte es wirklich. Einmal versuchte ich eine gute Viertelstunde lang, eingehend zu beschreiben, wie ich mich fühlte und wie es in mir aussah. Ich schilderte, wie höllisch es war, sich mitten auf dem lärmenden Schulhof plötzlich so einsam zu fühlen, daß man am liebsten auf der Stelle gestorben wäre.
„Mensch, hör auf, mach dir nur nicht ins Hemd!"
war Bengts äußerst verständnisvoller Kommentar.

Der Typ, von dem die ganze Stadt behauptete, er sei mein bester Kumpel, sagte also:
„Mensch, hör auf, mach dir nur nicht ins Hemd!“,
als ich mit tödlichem Ernst einen Teil meines innersten Empfindens freizulegen versuchte.
„Als ich einen Teil meines innersten Empfindens freizulegen versuchte.“ (Dieser Satz ist es wert, notiert zu werden.)
So lief das. Day after day.
Da sowieso niemand zuhörte, geschweige denn irgendwas zu kapieren schien, begann ich zu schreiben.
Abends schloß ich mich in meinem Zimmer ein und versuchte aufzuschreiben, was mit mir los war, versuchte, mein ganzes Ich zu erklären.
Ich produzierte eine unglaubliche Menge Mist: Kollegblöcke voller Gedichte, Novellenskizzen, Prosagedichte, literarischer Briefe und Gott weiß was. Ich schrieb und schrieb und schrieb – es heißt ja, man könne sich was von der Seele schreiben. Ha, von wegen sich was von der Seele schreiben! Ganz im Gegenteil: je mehr ich schrieb, desto beschissener ging es mir. Jedesmal, wenn ich etwas durchlas, was ich geschrieben hatte, fühlte ich mich doppelt mies, wenn ihr versteht, was ich meine.
Was die Weiber anbelangt, da hatte ich no problemas, not at all.
Jetzt glaubt ihr natürlich, ich hau aufs Blech, daß die Schreibmaschine stinkt, aber das tu ich nicht. Ehrlich nicht.
Ich hatte schon einige Beziehungen hinter mir, auf jeden Fall ein paar, und ich weiß nicht, ob man sie direkt „Beziehungen“ nennen kann, aber immerhin. Eine dauerte ganze drei Monate lang, dann rief ich das betreffende Mädchen an und machte Schluß, um es freundlich auszudrücken.
„Verpiß dich, du dumme Gans!“ sagte ich, warf den Hörer auf und heulte in meiner Einsamkeit.

Ich fühlte mich wie ein Schwein und wäre am liebsten gestorben.
Ich bin übergeschnappt, dachte ich, echt plemplem, der Fall ist klar.
Die girls in diesem trüben Kaff waren genauso gnadenlos behämmert wie die Jungs. Sie checkten genauso wenig. Bis auf eine Ausnahme. Doch, ein Mädchen gab es, das mir wenigstens ZUHÖRTE. Wahrscheinlich begriff sie nicht immer, wovon ich redete, aber das war nicht so wichtig. Seriously speaking begriff ich es selbst auch nicht immer, aber das ist natürlich ein anderes Bier. Sie hieß Anna und wohnte im selben Haus wie wir.
Anna und ich gingen zusammen in den Kindergarten, daheim spielten wir im Hof miteinander, und dann gingen wir bis zur Neunten in dieselbe Klasse. Natürlich wurden wir pausenlos veräppelt, aber das führte nur dazu, daß wir noch fester zusammenhielten.
Wir waren sogar verheiratet.
Doch, ehrlich, das ist wahr.
Eines Abends, als Annas Eltern weg waren – wir waren ungefähr acht, als das passierte –, verkleideten wir uns. Anna nahm den Rock ihrer Mutter, der zu einem langen Kleid wurde. Ich bekam ein weißes Hemd, eine riesige Krawatte und eine Jacke, die eher wie ein Mantel aussah. Dann spielten wir, daß der Fernsehapparat der Altar sei und der Nachrichtensprecher der Pfarrer – wir drehten den Ton weg –, und dann sagten wir alle beide:
„Ja."
Anschließend zogen wir uns gegenseitig aus und krochen in das Doppelbett von Annas Eltern.
Die leider ausgerechnet in diesem Augenblick nach Hause kamen.
An all das kann ich mich kaum noch erinnern, ich weiß nur noch, daß Annas Mutter vor Empörung schier ausflippte und einen Höllenspektaktel veranstaltete. Ich wurde zur Schnecke gemacht, Anna wurde zur Schnecke gemacht, meine Eltern wurden zur Schnecke gemacht.

Unglaublich albern, die ganze Chose, also, ehrlich gesagt, ist es doch eine ziemlich reife Leistung, zu heiraten und miteinander ins Bett zu gehen, wenn man erst sieben oder acht Jahre alt ist, oder etwa nicht?

Nach der Neunten suchte Anna sich einen Job als Kontoristin bei der Krankenkasse. Es sollte mich nicht wundern, wenn sie immer noch dort arbeitet.

Während der letzten Jahre, bevor ich aus dem Zombiekaff verschwand, trafen wir uns ziemlich oft, meistens bei mir daheim. Sie las, was ich geschrieben hatte, ich redete und redete, und sie hörte zu. Mehr wurde nicht daraus, bis auf ein paarmal, da ist es ziemlich heiß hergegangen. Gebumst haben wir nicht, aber es hat nicht viel gefehlt – alles, was man sonst tun konnte, haben wir getan. Es ging irgendwie mehr darum, den Druck abzulassen. Das heißt, meinen Druck, das habe ich inzwischen eingesehen, aber damals war mir das nicht bewußt.

Anna war nicht direkt hübsch, aber häßlich war sie auch nicht. Auf der Straße rümpfte niemand über sie die Nase, aber es starrte auch niemand hinter ihr her, wenn ihr versteht, was ich meine.

Ich selbst?

Wie ich aussehe?

Darüber schweigt die Bescheidenheit...

Also: auf der Weiber- und Sexseite hatte ich keine Probleme. Ich hatte keinen Durchhänger wegen irgendeiner vermasselten Lovestory, überhaupt nicht. Geil war ich ständig, aber verliebt war ich nie, um es einmal so auszudrücken...

Nun, wie dem auch sei: schließlich fuhr ich los.

Am letzten Abend gab es noch einen dämlichen Riesenzoff. Ich wollte unbedingt abreisen, ohne daß meine Mutter mitkam und auf dem Bahnsteig stand und mit ihren Papiertaschentüchern wedelte.

Das bekam sie natürlich sofort in den falschen Hals.

Aber ich setzte meinen Willen durch – ganz doof bin ich schließlich nicht.

4

Am Abreisemorgen regnete es.
Die Götter waren auf meiner Seite.
An einem regnerischen Morgen Ende August wanderte ich also zum Bahnhof, stieg in einen Zug und verließ mein altes Leben.
Ich habe schon immer etwas für Bahnhöfe übrig gehabt. Der Bahnhof in meinem Zombiekaff ist natürlich kaum der Rede wert, aber dennoch. Ein bißchen Stil hat er immerhin, auf jeden Fall ist er eindeutig der flotteste Kasten der ganzen Stadt, irgendwann Anfang des Jahrhunderts gebaut, ganz aus Backstein – und im Regen sieht er noch eindrucksvoller aus. Grand Central Station ist er zwar nicht, aber immerhin ...
„Also, tschüs", sagte ich, „jetzt geh ich."
Und dann ging ich.
Ich weiß nicht mehr genau, was ich dachte. Ein bißchen nervös war ich schon, das muß ich zugeben. Mein Magen hatte morgens natürlich Schwierigkeiten gemacht (um the understatement of the decade zu machen).
Die Koffer waren schwer, aber der Regen war leicht.
Als ich den hallenden Wartesaal betrat, roch es dort nach nassen Kleidern und Tabak.
Ihr versteht doch, was ich meine, nicht wahr?
Habt ihr schon mal Cohen gehört? Leonard Cohen? Der hat eine Reihe Songs geschrieben, die ziemlich enorm sind, u. a. einen, der „Stranger Song" heißt und so sentimental ist, daß der Plattenspieler fast zu bluten anfängt, aber gut ist er trotzdem, er hat genau das richtige feeling. Cohen weiß, um was es geht. Ihr müßt ihn euch unbedingt anhören.
Da war ich nun. Im Wartesaal. Die Lautsprecher knackten, und eine metallisch dröhnende Stimme verkündete, daß

„der Zug aus Sundsvall, der nach Stockholm weiterfährt, in ungefähr zehn Minuten auf Gleis Zwei ankommt. Beachten Sie die Gleisänderung – Gleis Zwei ...“

Als ob das eine Rolle spielte – insgesamt gab es nur fünf Gleise, also müßte man eigentlich selbst in der Lage sein festzustellen, auf welchem Gleis der Zug einfuhr ...

Aber der Besitzer der Stimme wäre vielleicht – genau wie ich – viel lieber auf einem ganz anderen Bahnhof gewesen. Gare du Nord in Paris zum Beispiel, oder Euston Station in London oder Grand Central.

Ich hatte es mir angewöhnt, ziemlich oft zum Bahnhof runterzugehen, nur so, um den Duft von Menschen einzuatmen, die irgendwohin unterwegs waren. Die Reisenden, die ankamen, interessierten mich kein bißchen – die waren ja nur tragisch. Nein, es ging ausschließlich darum, von hier WEGZUFAHREN – to get out of that place.

Manchmal stand ich im Wartesaal oder draußen auf dem Bahnsteig und rauchte eine Zigarette. Und da verwandelte sich dieser Bahnhof *tatsächlich* in Gare du Nord oder Grand Central Station. Ich konnte die französischen oder amerikanischen Stimmen geradezu hören. Die Zigarette verwandelte sich in eine Gauloise oder eine Chesterfield. Das Feuerzeug, ein billiges Ding, das für Börjes Grill Reklame machte, verwandelte sich in ein Dupont- oder Dunhill-Feuerzeug.

(Falls ihr es bisher noch nicht entdeckt haben solltet, ist es jetzt an der Zeit, es zu tun: Auf die Details kommt es an im Leben. Die kleinen Details sind es, die das große Ganze erzeugen. Und mir ist es *sehr* wichtig, die Dinge bei ihrem richtigen Namen zu nennen. Man sagt nicht einfach Feuerzeug, man erwähnt, ob es z. B. ein Ronson ist. Robby – der nie mehr erwähnt werden wird, ihr könnt ihn also gleich wieder vergessen – Robby sagte einmal in der Mittagspause zu mir, ich sei

„ein ganz übler Objektfetischist“.

Von mir aus, sagte ich und grinste überlegen, von mir aus.)

An diesem regnerischen Augustmorgen gefiel mir der Bahnhof, so, wie er war, weil ich ja von ihm wegfahren würde. Ich brauchte mir keine englischen oder französischen Stimmen einzubilden, und die Zigarette – eine weiße Prince – durfte sie selbst sein. Alles war auch so echt gut.
I was going places.
Als ich dort im Wartesaal stand, vermißte ich eigentlich kaum etwas. Höchstens jemand, den ich hätte anrufen können. Jemand, den ich an einem regnerischen Morgen von einer Telefonzelle auf dem Bahnhof aus hätte anrufen können, jemand, dem ich
„Don't worry, kid",
hätte sagen können, und der sofort verstanden hätte, wenn ich
„It's too late to be grateful, it's too late to be late again",
sagte.
Natürlich müßte dieser JEMAND ein Mädchen sein, oder noch lieber eine FRAU.
Von mir aus dürfte sie gern sowohl als auch sein.
Eine *Mädchenfrau,* ein *Frauenmädchen.*
Gibt es so etwas?
Klar gibt es das.
Mmm, eine *Mädchenfrau,* das wäre eigentlich das Ideal. Also, ehrlich gesagt, der einzige Haken an diesen reifen, verständnisvollen, erfahrenen Frauen ist ja, daß sie wohl oder übel ungefähr zehn Jahre älter als Yours Truly sein müssen. Und dagegen ist ja eigentlich nichts einzuwenden, aber trotzdem, irgendwo weit hinten im Kopf wußte ich, daß eine solche Beziehung von vornherein zum Scheitern verurteilt war. Ich hatte den Verdacht, daß zu der ganzen Sache ein viel tieferes feeling gehörte, damit ES – The Love, meine ich – ein wirklicher Superknüller wurde. Man mußte sich wenigstens vorstellen können, daß man (The Two of Us) ALWAYS zusammenblieb. Und mit jemand, der zehn oder zwölf Jahre älter war, ging

das ganz einfach nicht. Oder vielmehr, natürlich ginge es trotzdem, aber ich konnte mir die Möglichkeit einfach nicht vorstellen, wenn ihr versteht, was ich meine. Und wenn man sich die Möglichkeit nicht vorstellen konnte, für immer zusammenzubleiben, würde all das andere wahrscheinlich auch nicht so gut werden – die Beziehung, das Bumsen, meine ich, einfach alles. Und das wäre schade. Verdammt schade. Wie dem auch sei: Die Summe meiner Überlegungen war eben dies, daß eine *Mädchenfrau* das Ideal wäre.

Jetzt kam der Zug aus Richtung Norden angedonnert. Er keuchte, fuhr langsamer und blieb schwerfällig stehen. Leute stiegen aus und ein. Der Bahnsteig glänzte im Regen. Ich zwängte mich durch den Korridor, bis ich meinen Platz gefunden hatte. Natürlich lag er in einem dieser trüben Großraumwagen zweiter Klasse. Stöhn.

Ich sah mich um. Weit und breit keine FRAU. Keine einzige. Keine, die in Vogue blätterte. Keine, die zerstreut mit einer erlesenen Perlenkette spielte. Keine, die ihre bereits feucht glänzenden, rotgeschminkten Lippen befeuchtete. In einer Ecke saß eine Spinatwachtel, die wohl nicht älter als fünfundzwanzig war, aber manche werden ja schon nach ihrer ersten Periode zu Spinatwachteln. Sie blätterte in „Das Goldene Blatt der Frau".

Der Zug ruckelte los, ließ langsam den Bahnsteig hinter sich und fuhr auf die Brücke hinaus, von wo aus der südliche Teil der Stadt im Blickfeld auftauchte.

Da lag sie und duckte sich zu beiden Seiten des trüben, stinkigen Flusses im Regen.

Bye, bye, dirty old town,

dachte ich, und in diesem Augenblick fuhr mir ein schneidender Schmerz durch die Magengrube. Es war, als hätte ich einen Japaner verschluckt, der jetzt mit seinem Samuraischwert auf meine Innereien losging.

Ich stöhnte halblaut und krümmte mich vor Schmerzen.

Die Spinatwachtel hob den Blick von ihrem Käseblatt

und starrte mich an (wie diese Landpomeranzen es so an sich haben – sie GLOTZEN, und sehen dabei völlig tot aus). Ich begegnete ihrem Blick, und obwohl es immer noch höllisch weh tat, grinste ich sie breit an. Da kniff sie die Lippen zusammen und widmete sich wieder ihren Prominenten, blätterte rasch an den Schlankheitskuren vorbei und gelangte glücklich zu den Koch- und Backrezepten.

Was mochte das wohl sein?

Krebs? Magengeschwüre? Hunger?

(Mein Magen hatte sich ja am Morgen mit frenetischer Heftigkeit entleert, also müßte ich Hunger haben.)

Dann dachte ich:

Oder Geilheit?

Doch diesen Gedanken fertigte ich natürlich sofort ab, wie es sich gehörte.

Es ist doch wirklich komisch, daß man nicht entscheiden kann, ob einem der Bauch vor Hunger, Angst oder Geilheit weh tut? Kann man eigentlich jemals ganz sicher sein, was genau es ist?

Vermutlich nicht.

5

Da lag sie.
Die Hauptstadt.
Im stillen Regen.
Stockholm.
Zwar nicht The Real Thing, aber dennoch nicht schlecht.
Ich war bisher erst zweimal dort gewesen. Einmal mit meinen Eltern, als wir Tante Agnes besuchten. Dann waren Bengt und ich vor einem Jahr hingefahren, nur für einen Tag. Aber Bengt hatte natürlich alles dadurch verdorben, daß er sich wie ein echter Hinterwäldler aufführte.
(Das mit dem Hinterwäldler dürft ihr nicht so eng sehen, also, ich meine, falls ihr euch davon betroffen fühlt, weil ihr irgendwo daußen im bush wohnt. Meiner Meinung nach gibt es auch eingeborene Stockholmer, die Hinterwäldler sind. Ja, wahrscheinlich gibt es sogar geborene Londoner und New Yorker, die sich als Hinterwäldler aufführen, davon bin ich überzeugt.)
Als ich diesmal auf Bahnsteig 18 aus dem Zug stieg, war es ganz anders. Alles war ganz anders.
Wow, dachte ich, holte tief Luft und begann, meine beiden schweren Koffer zu schleppen.
Ringsum war ein deutlicher Puls zu spüren, er glitt in mich hinein und pflanzte sich durch meinen ganzen Körper fort.
Ich ging durch die Tunnels und kam in die große Bahnhofshalle hinauf, die von Leben und Menschen nur so brodelte. Von dort trat ich auf Vasagatan hinaus.
Der Regen fiel ruhig und stetig und verbreitete einen leichten Nebel.
Die beleuchteten Taxischilder auf den Taxidächern. Die

Häuser. Die Schaufenster. Die Leuchtreklame. Frauen. Zwei klapperten auf hohen Absätzen klick-klack direkt vor mir her.

Ich hatte Geld für ein Taxi mitbekommen, wollte aber lieber zu Fuß gehen – ich wollte alles *spüren*. Also machte ich kehrt und ging wieder in den Bahnhof, schob den einen Koffer in ein Schließfach und steckte den Schlüssel in die Brieftasche. Dann packte ich den anderen Koffer und trabte davon – irgendwie würde ich bestimmt hinfinden...

Verkehrschaos, Autoabgase, Essensdüfte aus Restaurants und Hamburger-Buden, Theater, Plakate, Gesichter, Kleider, Zeitschriften, Landkarten, Schreibmaschinen, Schuhe, echte südschwedische Mettwurst, Goldschmuck, Biographien, Schallplatten, Teppiche aus der Türkei, Kaffeeduft aus Konditoreien, Pfeifen und Tabakpäckchen, Kristallvasen, Uhren, Bücher, Schmuck, Frauen – Frauen.

Die Frauen.

Die Frauen, die Mädchen, die Mädchenfrauen. Frischgewaschene lange Haare, verwaschene Jeans, weiße T-shirts, Sweatshirts, Röcke, der Rhythmus, die schaukelnden Hinterteile, die prallen Hüften und Brüste. Die Lippen – alle Nuancen von Rot, glänzendes Rot, halboffene Münder, lächelnde Münder, redende Münder, Zungenspitzen und Zähne.

Motorräder, die offene Tür einer Bäckerei, Aktentaschen, blanke Schuhe, gekieste Parkwege, Staßenlampen, Verkehrsampeln, Hotelportiers, die auf Trillerpfeifen blasen, und ein Taxi, das vorfährt, der Fahrer, der herausspringt, die Tasche des Reisenden nimmt und sie in den Kofferraum stellt.

Schließlich wurde ich müde. Ich nahm ein Taxi. Jetzt stellte sich heraus, daß ich in die ganz verkehrte Richtung gegangen war, wir fuhren nämlich denselben Weg wieder zurück, bevor wir in Straßen einbogen, die ich noch nie gesehen hatte.

Völlig ausgepumpt saß ich hinten im Taxi. Meine Augen verschlangen gierig alles, was sie draußen zu sehen bekamen. Ich war hungrig, sehr hungrig und sehr glücklich. Nicht froh oder so, nein – *glücklich.*
„Meinst du damit, daß du dich okay fühlst?" hätte Bengt gefragt.
Keine Spur. Glücklich zu sein, ist etwas ganz anderes. Das Wort ist ja leider so mißbraucht und verwässert worden, daß es inzwischen nicht mehr das bedeutet, was es *eigentlich* bedeutet. Wenn man glücklich ist, pulsiert das Blut in einem völlig einmaligen Rhythmus, die Muskeln und Glieder beginnen schwach zu vibrieren, und die Zunge fühlt sich leicht trocken an.
Ich war glücklich, und ich war geil, ohne geil zu sein. Also, damit meine ich, mein Schwanz lag schlaff an seinem Platz, aber trotzdem vibrierte mein ganzer Unterleib, als ob ich so unerhört geil werden könnte, wie ich es noch nie zuvor gewesen war.
Als das Taxi vor dem Hauseingang in Karlavägen hielt, tropfte meine aufgekratzte Stimmung von mir ab. Mir war klar, daß ich jetzt Tante Agnes treffen würde, und die würde sich wohl nicht so ohne weiteres in diesem geilen, glücklichen feeling unterbringen lassen. Aber das war nicht so schlimm.
Ich bezahlte den Taxifahrer und gab ihm zehn Kronen als Trinkgeld. Das schien er mit gemischten Gefühlen aufzunehmen. Er nahm den Schein mit spitzen Fingern entgegen – wahrscheinlich glaubte er, daß ich ihn geklaut hatte. Typisch ...
Also, eines weiß ich ganz bestimmt – ich möchte nie im Leben „erwachsen" werden. Das erscheint mir nämlich schrecklich trist und öde. Die einzigen Vorteile sind, daß man mehr Geld verdient, jede Menge Wein und Bier trinken darf und FRAUEN kennenlernen kann.
Leider finde ich Wein echt zum Kotzen, mir wird schlecht, wenn ich nur daran rieche. Und das ist natürlich weniger gut. Aber eines Tages, eines Tages werde

ich lernen, Wein zu mögen, und dann werde ich mir in der Gesellschaft einer schönen, berückenden FRAU mit exklusiven Weinen einen angenehm leichten Rausch antrinken.

Tante Agnes war bestimmt nie eine FRAU gewesen. Aber sie war trotzdem in Ordnung.

Als sie aufmachte, sah sie mich lächelnd an und sagte: „Nanu, du bist ja schon wieder gewachsen. Wie lang willst du eigentlich noch werden? Aber komm doch rein, komm rein, du bist ja ganz durchnäßt."

Und damit trat ich in die große Vierzimmerwohnung, die fast eine Kopie der Wohnung meiner Großmutter war, nur war Großmutters Wohnung viel kleiner. Vielleicht gibt es besondere „Tantenwohnungen" mit besonderen „Tanteneinrichtungen"?

Tante Agnes hatte in der Küche gedeckt und fragte, ob ich gleich essen oder lieber vorher noch Kakao trinken wolle?

Es gelang mir, ein Stöhnen zu unterdrücken.

„Eine Tasse Kaffee wäre sehr schön", sagte ich mit freundlicher Lassie-Stimme.

Tante Agnes unterbrach sich mitten in einem Lächeln, sah leicht verlegen aus und nickte dann energisch.

„Aber natürlich, natürlich."

Dann saßen wir da in ihrer blitzblanken Küche und tranken ihren gelinde gesagt labbrigen Kaffee. Die Aussicht war nicht ganz so, wie ich es mir vorgestellt hatte. Was man sah, war ein kleiner viereckiger, asphaltierter Hof mit einem einzigen mickrigen Baum.

Aber Tange Agnes' Zimtschnecken waren ganz große Klasse.

Ich versuchte alle Fragen freundlich zu beantworten.

Eigentlich – während ich so dasaß und quasselte, war ich mächtig enttäuscht. Tief enttäuscht. Aber, okay, klar, Tante Agnes war echt in Ordnung, in jeder Beziehung, nur – sie war eben meine TANTE. Und irgendwie hatte ich das Gefühl, als hielte sie mich dadurch daheim fest.

Sie war FAMILIE, und ohne es zu wollen, übertrug sie dieses erstickende Gefühl, das ich doch unbedingt hatte loswerden wollen. Tante Agnes nahm meiner ganzen Befreiungsaktion die Spitze, machte sie zu einer halben Sache, und ich hasse halbe Sachen. All or nothing muß es sein, all or nothing.
Nach ausführlichen Anweisungen und Wegbeschreibungen nahm ich nach dem Kaffee einen Bus zum Bahnhof zurück. Ich holte meinen zweiten Koffer und trabte dann den ganzen Weg nach Östermalm zu Fuß – und diesmal fand ich den Weg ganz ohne Probleme.
Während des Spaziergangs ließ die Enttäuschung nach.
Eine halbe Sache war schließlich besser als gar keine Sache, dachte ich. Vielleicht sollte ich nicht immer so verdammt kategorisch sein. All or half or nothing, wäre vielleicht vorzuziehen. „All or nothing" hätte ja bedeutet, daß ich weiterhin im heimatlichen Zombiekaff hätte rumhängen müssen, statt hier die Stockholmer Straßen lang zu latschen. Also mußte auch eine halbe Sache in gewissen Situationen relativ akzeptabel sein.
Abends blieb ich noch ein Weilchen vor dem Fernseher sitzen, dann gähnte ich und sagte, jetzt wolle ich auspakken und ins Bett gehen.
„Ja, du wirst ganz schön müde sein", sagte Tante Agnes. „Komm, ich mach dir gleich das Bett."
„Nicht nötig", wandte ich ein, „das kann ich selbst machen."
„Nein, nein, laß nur, das mach ich schon."
Sie schaltete den Fernseher aus, holte Leintücher und Kissenbezüge hervor und begann herumzuwirtschaften. Ich durfte gar nichts tun.
Nach vielem Hin und Her und freundlichen Erkundigungen, was ich zum Frühstück wolle und wann ich geweckt werden wolle, ging sie schließlich und schloß die Tür hinter sich.
Ich lehnte mich dagegen und atmete aus.

Das Zimmer lag abwartend in der Dämmerung vor mir. An strategischen Punkten waren kleine Lämpchen mit irren Schirmen aufgestellt. Auf einem Tischchen neben einem Bücherregal ohne Bücher stand ein altertümliches Radio. Die Regale waren mit zahllosen kleinen Keramik- und Glastieren gefüllt – Hunde, Katzen, Giraffen, Löwen, Krokodile, Pferde – und nochmals Hunde.

An den Wänden hingen ein paar Bilder mit grellen Farben, die mir nichts sagten. Ein Bild oberhalb des Radios fing allerdings meinen Blick ein, weil es nicht gemalt war, sondern ein gerahmtes, vergrößertes Schwarzweiß-Foto.

Das Bild war recht vergilbt, und die beiden Mädchen, die dort an einem Zaun lehnten, mußten vor langer Zeit jung gewesen sein. Sie lachten entspannt in die Kamera, und neben der einen war ein Fahrrad zu sehen. Hinter ihnen breitete sich eine urschwedische Wiese aus, und der Himmel war von bauschigen weißen Wolken bedeckt.

Ich trat näher hin und glaubte, bei einem der Mädchen Tante Agnes' Gesichtszüge zu erkennen. Als ich eines der Lämpchen näher hinschob, erkannte ich, daß es gar nicht Tante Agnes war – es war meine Mutter. My Lord, dachte ich stöhnend, muß man jetzt auch noch seine eigene Ahnfrau an der Wand haben!

Das andere Mädchen war vermutlich Tante Agnes, sie sah sich aber nicht sehr ähnlich. Eigenartig, daß man sich so sehr verändern kann, dachte ich. Und warum soll man überhaupt immer gleich bleiben – das ist doch nicht unbedingt erstrebenswert. Ich hoffte von ganzem Herzen, daß ich mir selbst mit der Zeit ganz schön unähnlich würde – und wenn nicht von allein, dann eben mit großer Anstrengung.

Vermutlich war das Foto irgendwann in den fünfziger Jahren aufgenommen. Allerdings war der Farbfilm da doch schon erfunden, oder nicht? War das Bild etwa noch älter?

Ich knipste die Lampe aus und sah mit großer Dankbar-

keit, daß das lachende Gesicht meiner Mutter von der Dunkelheit verschluckt wurde.
Das Uraltradio funktionierte zum Glück. Nach einigem Herumschrauben fand ich das dritte Programm. Ich ließ es leise laufen. Irgendwo im Haus schlug eine Tür, dann ging eine Toilettenspülung.
Ich begann auszupacken.
Der eine Koffer enthielt Kleider, Unterhosen und Strümpfe, und zwar in rauhen Mengen. Den Koffer hatte natürlich meine Mutter gepackt. Ich legte alles in Schubladen und hängte Hemden und Jeans in den Schrank.
Dann öffnete ich den Koffer, den ich selbst gepackt hatte – den Bücher- und Ordnerkoffer.
Zuoberst lag ein dicker Wälzer: DIE MATERIALISTISCHE GESCHICHTSAUFFASSUNG. Nicht schlecht, was? Geschrieben von einem Typ namens Bruch, der wie ein Walroß aussah und mich vom Umschlag mit seinen kleinen Schweinsaugen kalt anstarrte. Mir war nicht ganz klar, warum ich das Buch eingepackt hatte. Gelesen hatte ich es nicht, hatte es daheim aber immer herumliegen lassen, damit meine Mutter es sah, und um Bengt und andere damit zu beeindrucken.
Dann nahm ich ein paar Taschenbücher heraus, Gedichtanthologien, die ich manchmal durchblätterte.
Na ja, und dann kamen die Bücher, die ich wirklich las:
MEIN IST DIE RACHE von Mickey Spillane,
REITER DES TODES von Christopher Montfort.
DER GEHEIMNISVOLLE STERN und TIM IN TIBET lagen ganz unten.
In den Ordnern – vier Stück – hatte ich Zeitungsausschnitte und meine Aufzeichnungen gesammelt. In einem der Ordner befand sich mein 86 Seiten langer „Roman Nummer zwei", mühselig auf einer alten Schreibmaschine getippt und voller Fehler und durchgestrichener Passagen. Im selben Ordner war auch mein Tagebuch aufbe-

wahrt (auf das ich vielleicht später noch zurückkomme). Alles schön säuberlich mit alphabetischem Register geordnet. Wenn es drauf ankommt, bin ich verdammt ordentlich, müßt ihr wissen.

Unter der Rubrik VERSCHIEDENES im roten Ordner hatte ich eine Plastikmappe eingeheftet, die acht Seiten, 47 bis 55, aus dem vergangenen Oktoberheft von Penthouse enthielt.

Die Bilder zeigten alles andere als „Verschiedenes", wie ihr euch wohl schon gedacht habt. Sie zeigten Carol. Laut Bildunterschrift studierte Carol Innenarchitektur, sie war 26 Jahre alt, hatte eine glückliche, idyllische Kindheit in Boston verbracht und ihre Unschuld in einer Kirche in Los Angeles verloren, und jetzt pendelte sie zwischen New York und Washington und war blah blah blah bla bla bla. Ja, ihr wißt ja, was die so schreiben. Ich war vor allem an einem Zitat interessiert, das unter einem der Bilder stand, auf dem Carol – oder *Cool Carol,* wie sie hier bezeichnet wurde – in einem sehr zerwühlten Bett lag und einen Telefonhörer ans Ohr preßte.

Das spiralenförmig gedrehte Telefonkabel wand sich an ihr hinunter, durch ihr krauses Haardreieck und verschwand zwischen ihren Schenkeln. Rechts neben ihrer Hüfte wand es sich wieder heraus und verschwand dann zum Telefon hinüber, das auf dem seidig glänzenden Bettuch lag.

Also, unter diesem Bild stand folgendes Zitat:

„I prefer young lovers. Their eagerness and sexual appetite turns me on."

Na?

Mannomann!!

Ich klappte den Ordner zu und stellte ihn neben die anderen ins Bücherregal.

Dann öffnete ich das Fenster, das ebenfalls auf den tristen Hof hinausging, und rauchte eine Zigarette. Die meisten Fenster im Haus gegenüber waren erleuchtet, aber leider waren überall Jalousien und Vorhänge vorge-

zogen, so daß ich auch dort keine FRAUEN zu sehen bekam.
Als ich schließlich das Licht ausmachte und in meinem Bett einzuschlafen versuchte, war ich doch sehr dankbar, daß es Tante Agnes gab. Doch, das ist ehrlich wahr. Ich war SEHR froh darüber.
Wenn sie nicht gewesen wäre, hätte ich jetzt vermutlich als Untermieter in irgendeinem fremden kleinen Kabuff gelegen. Und natürlich hätte ich wahnsinnig Angst gehabt. Die traurige Wahrheit ist nämlich die, daß ich mich im Dunkeln fürchte. Ja, zugegeben, das ist ziemlich lächerlich, but I can't help it. Wenn ich jetzt irgendwo allein in einem fremden Zimmer wäre, würde ich jedesmal zu Tode erschrecken, wenn jemand durchs Treppenhaus ging oder irgendeine Stimme durch die Nacht hallte. Ich habe eine sehr ausgeprägte Phantasie – leider nicht nur, wenn es um Sex geht.
Vor Gespenstern habe ich mich nie gefürchtet, so was finde ich eher bescheuert. Vor Menschen dagegen habe ich immer Angst gehabt. Und mit Recht, man braucht ja nur an irgendeinem beliebigen Morgen in die Tageszeitung zu schauen und diese kurzen kleinen Telegrammnachrichten zu lesen. Da gibt es doch jedesmal so einen übergeschnappten Irren, der einem anderen den Kopf abgehackt hat oder einen unschuldigen armen Teufel erschossen hat, der nichts weiter im Sinn hatte, als friedlich im Dunkeln einzuschlafen – genau wie ich.
Als ich klein war – also gut, von mir aus, ein bißchen kleiner –, dachte ich immer, wie schön es sein müßte, „erwachsen" zu werden, weil man sich dann nicht mehr vor der Dunkelheit zu fürchten brauchte.
Bullshit!
Es wimmelt von sogenannten „Erwachsenen", die genau so viel Schiß vor der Dunkelheit haben wie ich, mit dem einzigen Unterschied, daß sie es nie zugeben würden.
Also, wenn man „erwachsen" wird, scheint man vor allem eine Sache gelernt zu haben, nämlich zu lügen. Und

zwar was das Zeug hält. Man lügt seine Kinder an, seine alten Eltern, seine Freunde und Bekannten. Es ist eine einzige Lügerei, tagaus und tagein. Wie meine Mutter, zum Beispiel wenn Carlssons anrufen und meine Eltern zum Abendessen einladen, dann sagt meine Mutter am Telefon:

„Ach ja, wie reizend, wie lieb von dir. Ja, abgemacht – bis morgen abend, so gegen sieben. Wir freuen uns schon sehr."

Dann legt sie auf, seufzt tief und sagt:

„O Gott, diese gräßliche Person, und kochen kann sie schon gar nicht. Ihr Essen schmeckt jedesmal ganz fürchterlich, und dann muß man auch noch dasitzen und ihrem Mann, diesem besoffenen Hanswurst, zuhören."

Und im nächsten Augenblick schon kann sie mich anfahren:

„Lüg nicht – hast du von meinen Zigaretten geklaut oder nicht?"

Also ehrlich, wie wollen sie's eigentlich haben?

Und schaut doch bloß diese Kanonenfabrikdirektoren, Kernkraftverantwortlichen, Politiker, Lehrer, Polizisten und der Teufel weiß was alles an. Ein einziges großes Lügenpack, sonst nichts. Der ganze Haufen.

Oder der Zahnarzt zum Beispiel, der immer beteuert:

„Das hier wird überhaupt nicht weh tun!"

Wenn das kein notorischer Lügner ist!

Und Angst haben sie auch, die Erwachsenen. Obwohl sie die ganze Zeit lügen und mit honigsüßer Stimme sagen:

„Mach dir keine Sorgen, es wird alles gut gehen, du brauchst keine Angst zu haben."

Nun gut, ich fürchte mich also im Dunkeln. Manchmal habe ich die fürchterlichsten Wachträume, die sich immer kurz vor dem Einschlafen einstellen. Das Allerschlimmste aber ist, mitten in der Nacht mit einem Ruck aufzuwachen und dringend pissen zu müssen. Dann weiß ich nie, ob ich nicht vielleicht an irgendeinem Geräusch aufgewacht bin – eine Tür, die aufgebrochen oder ein Fenster, das eingeschlagen wurde.

Also liege ich ganz still, halte die Luft an und wage nicht aufzustehen. Ich sehe ganz deutlich vor mir, wie dieser irre Einbrecher eine Knarre an den Kopf meiner Mutter hält, ich sehe, wie sich der Finger am Abzug bewegt und sich krümmt, ich warte auf den Knall...

Manchmal gelingt es mir, wieder einzuschlafen, aber oft muß ich ganz einfach aufstehen und aufs Klo gehen. Dann versuche ich jedesmal, soviel Lärm wie möglich zu machen, um den Irren wissen zu lassen, daß ich wach bin. In der Dunkelheit kann er ja nicht sehen, wie jung ich noch bin oder daß meine Muskeln alles andere als die von Mr. Universum sind. Ich hab mir angewöhnt, wenn ich im Flur bin, laut zu zischen:

„Psst, Devil, bleib liegen!"

Und wenn der Irre hört, daß ich einen Wolf habe, der Devil heißt, muß ihm ja sofort klar werden, daß ich das Phantom persönlich bin. Da macht er vor Angst in die Hose, sichert seine große Magnum, öffnet das Fenster, springt raus und landet neun Meter weiter unten auf einem gußeisernen Zaun mit scharfen Speerspitzen.

Dann kann ich in aller Ruhe pissen. Und wieder einschlafen.

An diesem ersten Abend bei Tange Agnes schlief ich auch ein.

Tatsache ist, daß ich schon lange nicht mehr so ruhig eingeschlafen war. GLÜCKLICH zu sein, ist offensichtlich anstrengend.

Mit einem leichten Lächeln auf den Lippen schlief ich auf einem weichen, sauber duftenden Daunenkissen ein.

6

Eine andere Sache, vor der ich einen wahnsinnnigen Bammel habe, ist, inmitten von Leuten sitzen zu müssen, die ich nicht kenne. Besonders widerlich ist es, wenn ich zufällig so zu sitzen komme, daß ich eine ganze Blase *hinter* mir habe. Das kann ich nicht ausstehen. Ich ziehe es vor, die Leute im Blick zu haben, und am liebsten habe ich nichts als eine Wand hinter mir. Dann kann ich sehen, was die anderen tun, ich kann kontrollieren, was sie treiben und worüber sie flüstern und tuscheln.

Dieses spezielle Problem hat natürlich damit zu tun, daß ich so verdammt ichbezogen bin. Doch, das ist mir inzwischen schon klar. Und ich habe auch gehört, daß das in der sogenannten Pubertät recht häufig vorkommt. In dieser Zeit ist man ja damit beschäftigt, sich selbst zu entdecken, daher konzentriert man sich natürlich so übertrieben auf sich selbst. Als ob das ein Trost wäre!

„Das geht vorbei", sagt meine Mutter immer.

Was soll das heißen, „geht vorbei"? Was hilft einem das JETZT, wenn man gerade mitten in der Scheiße sitzt?

Also, stellt euch mal vor, jemand sagt im blutigen Ernst:

„O je, das Leben ist echt beschissen, es ist sinnlos, trostlos, schrecklich, haarsträubend und hoffnungslos!"

Und darauf antwortet man dann:

„Ja, klar, aber keine Bange, das geht vorbei."

Na, stimmt's? Ist das nicht ein echt starker Trost?

Ich finde es also verdammt unangenehm, wenn hinter mir massenweise Leute hocken. Da hab ich das Gefühl, sie säßen nur da, um mich anzustarren. ICH bin es, über den sie flüstern und tuscheln, ICH bin es, über den sie kichern und hämisch grinsen und auf den sie zeigen. ICH. So ist das nun mal.

Dann versteht ihr vielleicht, daß ich mir nichts Schlimmeres vorstellen kann, als eine Blase kichernder Weiber hinter mir zu haben. Diese Weiber tun ja nichts anderes als kichern. Es ist *disgusting.* Kicher und Prust, das ist das einzige, was sie von sich geben können.
Und warum erzähle ich das überhaupt?
Weil ich vier Tage später in der königlichen Hauptstadt ein Klassenzimmer betrat, wo ich so schnell wie möglich einen Platz ganz hinten zu ergattern versuchte.
Das klappte nicht.
Ich landete mittendrin.
MITTENDRIN!
Und die Bänke hinter, neben und vor mir waren voller Mädchen und Jungen, die ich noch nie zuvor gesehen hatte. Sie sahen alle unerhört bedrohlich aus. Ich kannte ja keinen Schwanz. Sogar die Aussicht aus dem schmutzigen Fenster war völlig unbekannt.
Plötzlich begann ich, die ganze Chose mit dem Musikgymnasium und dem Umzug nach Stockholm zu bereuen. Was hatte ich getan? Was zum Teufel hatte ich angestellt? Where am I now when I need me, dachte ich. Ich schwitzte. Aus der Achselhöhle TROFF der Schweiß, meine Hände waren klebrig, und meine Stirn glänzte. In meinem Kopf hämmerte ein schmerzhaftes Pochen in unangenehmem Reggaerhythmus.
Solange ich die anderen kenne, wenigstens ein bißchen, komme ich einigermaßen damit klar. So wie daheim im Kaff, wo die meisten wissen, wer ich bin, und ich auch einen Überblick habe. Das ist irgendwie anders.
Aber die ganzen Typen hier in diesem Klassenzimmer hatten keine Ahnung, wer ich war. Wenn ich mich hier blamierte, mußten die ja glauben, ich sei ein echt total verblödeter Idiot. Daheim dagegen spielte es keine so große Rolle, wenn ich mich blamierte, da wußten alle ohnehin, was für ein souveränes As ich eigentlich war. Hier wußten sie das nicht...
Und hinter mir...

Ächz...

Also, HINTER MIR saßen zwei Gänse, die vermutlich ausgestopft waren und Sägemehl im Hirn hatten. Die *kicherten,* und zwar die ganze Zeit. Von dem Augenblick an, als wir ins Klassenzimmer kamen, bis zehn Jahre später, als das ganze Elend überstanden war. (Es dauerte eigentlich eine Stunde, fühlte sich aber wie ein Jahrzehnt an – mindestens.)

Warum müssen Mädchen vorher immer Mädchen sein? Bevor sie FRAUEN werden, meine ich.

Denn leider ist es wohl so, daß auch Cool Carol, 26, irgendwann mal so ein kicherndes, sommersprossiges Ding war, auch wenn es schwer fällt, das zu glauben. Aber vielleicht doch nicht, ich meine, es MUSS doch Mädchen geben, die anders sind. Ich hatte zwar noch nie eines gesehen, aber genau so eines wollte ich kennenlernen. Wenn ich schon nicht sofort von einer FRAU angemacht werde, kann es mir doch wenigstens vergönnt sein, genau so ein Mädchen kennenzulernen – eine, die nicht kichert, mit der man sich unterhalten kann –, mit der man ganz natürlich sein kann, oder?

Wo stecken diese Geschöpfe?

Ihr Mädchenfrauen, where are you?

Ganz offensichtlich nicht hier in meiner Klasse.

Trotz allem nahm die Stunde ein Ende. Achtundzwanzig Fremde strömten in den Korridor hinaus. Ziemlich viele von ihnen kannten sich schon, aber mich kannte niemand, und ich kannte keinen.

Langsam trottete ich hinter ihnen her und wußte ganz und gar nicht, was ich anfangen sollte. Nach der Pause mußten wir alle in ein anderes Klassenzimmer zu einem anderen Lehrer.

Draußen im Korridor fühlte ich mich wieder so entsetzlich einsam, daß ich mich fast vor Schmerzen gekrümmt hätte. Eine verheerende Einsicht in das Dasein – so werde ich es später einmal in einem Buch formulieren. „Eine verheerende Einsicht in die lastende Einsamkeit des Da-

seins suchte ihn mitten im Gewimmel heim." So wird es dort stehen. Aber halt, lieber doch nicht „die lastende Einsamkeit des Daseins" – das klingt ja total beknackt. „Eine verheerende Einsicht suchte ihn heim, als die neu zusammengewürfelte Schulklasse in den Flur hinausstürmte. Er war einsam. Er war schrecklich einsam. Im gleichen Moment, als dieser Gedanke sich wie ein gezacktes Messer oder ein Bajonett in ihm umdrehte, wußte er, daß er keinen Menschen hatte, dem er das mitteilen konnte. Von all den Fremden, die ihn hier umgaben, kam keiner in Frage, Tante Agnes ebenfalls nicht. Er konnte auch nicht zu Hause anrufen, um es seiner Mutter oder seinem Vater zu erzählen. Die würden nur auf ihre übliche halbherzige Art sagen: ‚Mach dir keine Sorgen, mein Junge, das geht vorbei, das geht vorbei.' Und einen Freund, den er hätte anrufen können, besaß er auch nicht – und eben darin lag das Paradoxe seiner Situation –, hätte er einen Freund gehabt, dem er es hätte anvertrauen können, würde er sich nicht so fühlen, wie er es jetzt tat.
Er betrachtete die Gleichaltrigen, die für die nächsten zwei Jahre seine Mitschüler sein würden. Viele von ihnen kannten sich bereits, im Korridor bildeten sich rasch kleine Grüppchen, es wurde geredet, gekichert und gelacht. Die beiden Mädchen, die während der ersten Stunde hinter ihm gesessen waren, standen an der Wand und setzten ihr ewiges Gekicher fort."
Nicht gut.
Überhaupt nicht gut.
Geradezu schlecht.
Vielleicht schaffe ich es nie, ein Buch zu schreiben, das kommt mir doch verdammt anstrengend und mühsam vor. Und tagaus, tagein allein im Zimmer zu hocken und auf eine Schreibmaschine einzuhämmern – ist das überhaupt ein Leben?
Der zweite Lehrer war genauso nichtssagend wie der erste. Sie sahen beide stinkfad aus – genauso stinkfad wie

die Lehrer daheim. Ich hatte mir eingebildet, daß die Stockholmer Lehrer ein bißchen mehr los hätten, daß sie irgendwie flottere Typen wären – aber nicht die Bohne, wenigstens diese beiden nicht. O nein, die gleichen schlechtsitzenden, schlabbrigen Cordjacken, die gleichen blankgewetzten, ausgebeulten Hosen. Der einzige Unterschied war, daß sie nicht unseren Hinterwäldlerdialekt sprachen. Das war auch alles, leider, aber vielleicht gab es ja noch Überraschungen?
Der Tag scheuerte sich kriechend an zähen Uhren entlang...
„Der Tag scheuerte sich kriechend an zähen Uhren entlang..." Nicht schlecht. Hmm, vielleicht werde ich trotz allem doch Schriftsteller. Schließlich eine Möglichkeit, bekannt und berühmt zu werden, ja, vielleicht sogar reich, oder nicht?
Sonst kann man natürlich auch Tennis spielen – ein paar Stunden lang einen Ball über ein Netz hin und her schlagen und dafür ein paar Millionen kassieren.
Ist das nicht echt hirnrissig? Also, ich meine, wenn man bedenkt, wen oder was wir in dieser bescheuerten Welt belohnen?
An und für sich ist es ja in Ordnung, wenn man bedauernswerte Schwachsinnige, die es sinnvoll finden, tagelang Bälle hin und her zu schlagen, ermuntert, aber so wahnsinnig braucht man dann doch nicht zu übertreiben, oder? Klar können sie ab und zu ein paar Piepen absahnen, immerhin haben sie ja ein gewisses Ballfeeling – aber Millionen? Wahnsinn.
Und Rockstar? Allerdings muß man sich da echt den Arsch abrackern, auf Provinztourneen in den Parks herumhetzen und sich mindestens drei Jahre lang Schnapsflaschen auf die Birne knallen lassen, bevor man überhaupt in der „Wochenrevue" erwähnt wird.
Nein, dagegen scheint Schriftsteller doch eine recht friedliche und ruhige Angelegenheit zu sein.
„Er hatte vor, berühmt zu werden. Zwar wußte er nicht

so recht, wie, doch mit der Zeit würde er gewiß dahinter kommen."
„Der Tag scheuerte sich kriechend an zähen Uhren entlang."
Schließlich war der Tag sogar vorbei. Mit raschen Schritten lief ich durch den Flur und die breite Treppe hinunter. Am liebsten wäre ich das Treppengeländer runtergerutscht, doch das wagte ich nicht. Ich hatte es eilig, wollte raus, hinaus an die frische Luft.
Draußen atmete ich tief ein und blieb stehen. Da hörte ich hinter mir eilige Schritte, und gleich darauf hatte mich ein ziemlich kleiner, dünner Typ eingeholt, ein Junge mit buschigen, abstehenden Haaren, der ungefähr so angezogen war wie die Bullen in Miami Vice.
Er blieb stehen und lächelte mich zögernd an.
„Wie war doch gleich dein Name?" fragte er und schaute mich mit zusammengekniffenen Augen an.
„Xxx Xxxxxxxxx" antwortete ich darauf.
(Es ist besser, wenn ihr es nicht erfahrt, noch nicht. Ich verrate meinen Namen erst, wenn ich berühmt bin, dann wird es euch echt umhauen!)
„Ja, stimmt", sagte er, schob die Hände in die Jackentaschen und schaute auf seine glänzenden Schuhe, die bestimmt made in Italy waren.
„Und du?" fragte ich, während wir langsam über den asphaltierten Schulhof gingen.
„Roffe", sagte er, „aber das gefällt mir nicht."
„Wie? Was gefällt dir nicht?"
„Der Name. Der ist ja echt vorsintflutlich. Deiner ist besser."
Er machte eine kurze Pause, holte tief Luft und fuhr fort:
„Am liebsten würde ich Paul oder so heißen."
„Paul?" frage ich überrascht.
„Ja, Paul. Paul hat mir schon immer gefallen. Wie würdest du gern heißen?"
„Hm... äh..." sagte ich langsam. „Ja, doch, vielleicht.

Seit ich Leonard Cohens Platten gehört hab, würde ich gern Leonard heißen."
„Wer ist das, Leonard Cohen?"
„Wenn du das nicht weißt, hast du was versäumt."
„Leonard?"
„Mmm, meine Freunde dürften mich Lenny nennen."
„Aha", sagte er und sah mich etwas unschlüssig an. „Dann würde ich mich doch aber lieber Leonard nennen, Lenny klingt wie irgendein dämlicher Tanzmusiker."
Das empfand ich als ziemlich kränkend.
„Und Paul klingt wie die Nummer Eins der schwedischen Hitparade", konterte ich.
Da mußte er breit grinsen.
„Dir fällt bestimmt noch was Besseres ein", sagte er lächelnd. „So, und jetzt nennen wir uns einfach anders."
„Wie denn?"
„Wir taufen uns um. Dann erzählen wir allen, daß wir neue Namen haben und zwingen die Lehrer, sie zu benützen, sonst stellen wir uns einfach taub, wenn sie uns anschreien."
Kurz blitzte die Sonne in seinen Augen auf. Das Ganze kam mir zwar etwas kindisch und albern vor, aber gleichzeitig auch ganz komisch.
„Von mir aus", sagte ich.
„Was hältst du von 'ner Tasse Kaffee?" fragte er, als wir inmitten einer Million Fahrräder auf dem Gehweg standen. Ich versuchte, meines ausfindig zu machen oder vielmehr das von Tante Agnes.
„Why not", murmelte ich.
„Maddi", entschied er. „Wir gehn ins Maddi."
„Was ist das denn?"
„Wie lange bist du schon hier?"
„Seit einer Woche", antwortete ich wahrheitsgemäß.
„Ja, wo gibt's denn so was!" sagte er erstaunt. „Na, da kann man natürlich noch nicht alles wissen. Aber follow me – wir nehmen die Tube nach Östermalmstorg."
„Die Tube?"

„Die Tube – the tube – die U-Bahn, Stupid!"
„Aha", sagte ich und fühlte mich genau wie der letzte Hinterwäldler, der ich, von außen gesehen, wohl war. Im Inneren war (und bin) ich natürlich einer der weltgewandtesten, blasiertesten Kosmopoliten, die man sich vorstellen kann.
Wir nahmen die U-Bahn nach Östermalmstorg und gingen bei Birger Jarlsgatan hinauf. Roffe warf sich todesmutig in den Verkehrsstrom und absolvierte einen Slalomlauf zwischen den Autos. Mit dem Herzen in der Hose kam ich hinterher, und wie durch ein Wunder schaffte ich es, mit heiler Haut hinüberzukommen.
Maddi entpuppte sich als die Konditorei Madeleine, die etwas versteckt in einer Querstraße zwischen Birger Jarlsgatan und Bibliotheksgatan lag. Das Lokal war gerammelt voll. Wir nahmen je einen Nummernzettel und warteten. Dann bestellten wir und kletterten eine gewundene Treppe ins Obergeschoß hinauf. Dort war das Gedränge, wenn möglich, noch größer. Packed tight und verraucht. Es wimmelte von albernen Teenies, die mit Zigaretten herumfuchtelten und sich mit den letzten Klamotten aufgemotzt hatten. Roffe verschmolz ohne weiteres mit der Umgebung. Von mir konnte man das nicht direkt behaupten, obwohl Jeans, Jeanshemd und Jeansjacke die Eigenschaft haben, zu den meisten Anlässen zu passen – die Verleihung des Nobelpreises möglicherweise ausgenommen, aber ich werde darauf bestehen, auch dann meine Jeanskluft anbehalten zu dürfen.
„Too many people", entschied Roffe und machte oben auf dem Treppenabsatz kehrt.
Also trotteten wir wieder runter und setzten uns an einen der klapprigen kleinen Tische, die direkt neben der Verkaufstheke standen.
„Rauchst du?" fragte Roffe, als wir uns gesetzt hatten und hielt mir eine Schachtel Gitanes unter die Nase.
Fünf Punkte.
„Klar", nickte ich und pulte einen Glimmstengel aus der

Packung. Mein Börjes Grill-Feuerzeug ließ ich in der Brusttasche ruhen, ich ahnte fast, daß Roffe etwas Besseres aus seiner Jackentasche angeln würde.
Meine Ahnung trog mich nicht.
Er zauberte ein Ronson hervor. Das alte Modell, mit Lederfassung, eingefahren und abgewetzt. The Real Thing.
Noch weitere fünf Punkte.
Roffe imponierte mir immer mehr.
„Okay“, sagte er, nachdem er seine eigene Zigarette angesteckt hatte, „jetzt versuchen wir mal, uns ein paar coole Namen auszudenken. Du findest Paul nicht gut, und in meinen Ohren klingt Lenny echt verstaubt – also versuchen wir's noch mal.“
„Harry“, schlug ich vor und inhalierte.
„Harry?“ wiederholte er zweifelnd. „Sag mal, wie bescheuert bist du eigentlich? Dann könntest du dich ja gleich Joey Semper nennen.“
„Nein, Harry ist gut“, behauptete ich. „Das liegt in der Luft, wird bald wieder in sein, I promise. Allerdings muß man es natürlich englisch aussprechen.“
„Härry, meinst du?“
„Genau.“
„Okay, Harry, whadysay?“
Er zischelte die Wörter aus dem Mundwinkel wie ein Gangster in einem alten Kriminalfilm.
„Und du?“
„Whadymean, buddy?“
„Mann, hör auf. Und du?“
„Hm, weiß nicht. Aber Harry mußt du verschrotten. Klingt nach einem pensionierten alten Installateur.“
„Ja, ja“, seufzte ich, „von mir aus. Hast du einen besseren Vorschlag?“
Er lehnte sich zurück und hielt die Hand hoch.
„Warte, warte – es kommt gleich.“
Er machte eine ausholende theatralische Geste mit der Zigarette, steckte sie sich in den Mund und zog daran.

7

Während ich all das sagte, was ihr auf den vorigen Seiten gelesen habt, saß ich da und versuchte, Roffe irgendwie einzuordnen.
Ich sah ihn an und fragte mich, wer er eigentlich war. Ich überlegte, ob er möglicherweise ein Typ sei, dem ich vertrauen könnte, jemand, der zuhören würde, wenn ich von diesen unangenehmen Einsamkeits- und Unruheattacken erzählte, die mich regelmäßig mit orkanartiger Gewalt heimsuchten. Und ich saß da und dachte unschlüssig, „ich weiß nicht".
Ein wenig mißtraute ich ihm. Und das, obwohl ich ihn gleichzeitig mochte, ganz unmittelbar, und das lag nicht nur an den Gitanes und dem Ronson. Nein, er hatte eine Art, die mir sehr überzeugend erschien, in seiner Oberflächlichkeit lag eine Art Ehrlichkeit.
„In seiner Oberflächlichkeit lag eine Art Ehrlichkeit, die in seinem tiefsten Innern einen Resonanzboden besaß."
Während Roffe mir gegenübersaß und mit seinen Gangstermanieren herumkasperte, fühlte ich, daß in ihm drin, weit hinten in den Windungen seines Gehirns eine Menge erfreulicher und trauriger Sachen verborgen waren. Ich wußte sofort, daß auch er mitunter von Einsamkeitsgefühlen und Traurigkeit niedergeknüppelt wurde. Komisch, aber so was fühlt man manchmal ganz direkt, ohne daß man darüber reden muß. Es ist trotzdem da, man versteht es ohne Worte. Und eigentlich konnte man darüber auch nicht reden, Ich meine, in diesem Augenblick hätte ich nicht einfach anfangen können, darüber zu reden.
Also saß ich da und überlegte, wie seine Eltern wohl aussahen, wo er wohnte und wie oft er wohl wichste.

Doch, das ist ehrlich wahr.
Aber gefragt hab ich ihn nicht danach...
Statt dessen sagte ich:
„Eigentlich sollten wir uns ein paar Namen ausdenken, die nicht so verdammt englisch-amerikanisch sind."
„Ja, hast recht." Er nickte und fuchtelte weiterhin theatralisch mit seiner Zigarette durch die Luft. „Und damit", fuhr er fort, „damit kannst du vergessen, was ich eigentlich hatte sagen wollen."
Er trank einen Schluck Kaffee.
„You know what?" fragte er dann.
„Natürlich nicht", antwortete ich.
Komisch, daß er auch andauernd englische Redewendungen benutzt, dachte ich, aber vielleicht ist das hier so üblich. Daheim in Ihrwißtschonwo macht das kein Mensch – außer mir. Aus purer Gewohnheit redete ich meistens auch so, wenn ich mich mit Erwachsenen unterhielt, und die begriffen dann überhaupt nichts.
Sehr peinlich – für sie, meine ich.
„Also, es sollten zwei Namen sein, die irgendwie gut zusammen klingen. Wie ein Künstlername. Du weißt schon, dimdadadim und damdadadam – so ähnlich."
„Wenn du Dimdadadim bist, bin ich Damdadadam", bemerkte ich feixend.
„Quatsch. Schreibst du Songs?"
„Songs?"
„Ja, Popsongs, meine ich."
Ich schüttelte den Kopf. Was allerdings gelogen war. Doch das wollte ich ihm noch nicht gestehen. Ich zögerte noch etwas damit, ihn allzu nah an mich heranzulassen – das ist so meine Art. Obwohl ich natürlich bereits einige Songs gebastelt hatte – doch, durchaus. Einer hieß „IQ Blues" und ein anderer „Clark Gable". Besonders aufregend waren sie allerdings nicht – oder vielleicht waren sie etwas vom Genialsten, was je geschrieben worden war.

„Shit", sagte er deutlich enttäuscht. „Vielleicht kannst du dann wahnsinnig gut singen?"
Ich schüttelte den Kopf.
„Nochmal shit", sagte er mit übertrieben betrübter Stimme. Er pulte noch eine Zigarette heraus und reichte mir die Schachtel. Ich nahm eine seiner Zigeunerinnen und steckte sie an der Ronsonflamme an. (Gitane bedeutet nämlich Zigeunerin, falls ihr das nicht gewußt haben solltet.)
„Ich schreibe",
sagte ich nach dem ersten Zug.
„Du schreibst? Was schreibst du?"
Ich zuckte die Schultern.
„Vorläufig nichts Besonderes, aber ich arbeite an einer Sache, die irgendwann mal ein Buch werden soll. Ich will Schriftsteller werden."
„Schriftsteller?? Was hast du dann auf dem Musikgymnasium verloren?"
„Sonst gab es nichts."
„Wieso, sonst gab es nichts???!!!"
„Nein, das ist ehrlich wahr. Es war die einzige Möglichkeit für mich, von zu Hause fortzukommen. Ich mußte unter allen Umständen aus diesem Kaff, wo ich aufgewachsen bin, rauskommen."
„Aber irgend etwas kannst du doch spielen?"
„Klar, auf der Gitarre bin ich ganz passabel ... auf dem Synthi echt souverän."
„Na also", rief er aus. „Dann ist die Sache ja gebongt. Wir werden ein Popduo, genau das, was die vergammelte schwedische Popwelt braucht. Ein frisches, kreatives Popduo, das mit deinen tiefsinnigen Texten und meinem fröhlichen Gedudel Evergreens am laufenden Meter produziert."
Er grinste. Ich grinste zurück. Jetzt in diesem Augenblick fand ich das Leben ziemlich okay. Plötzlich hatte ich das Gefühl, daß einfach alles – absolutely EVERYTHING – möglich sei. Und genau das ist ja das Gefühl, das man

hier im Leben haben sollte – daß alles möglich ist, alles passieren kann und alles vorhanden ist, man braucht sich nur zu bedienen, braucht nur zuzugreifen...

Roffe zuckte leicht resigniert die Schultern.

„Na, aber seriously – why not? Wir können es doch auf jeden Fall mal testen. Versuch ein paar Texte zu schreiben – aber auf englisch, um Himmels willen auf englisch. Dann gibst du sie mir, und ich versuch, irgendeine Musik dazu zusammenzuschustern."

Ich zuckte ebenfalls leicht die Schultern und nickte.

„Mensch, guck mal, da drüben!" zischte er plötzlich.

Ich wandte den Kopf zur Theke und checkte sofort, was er meinte.

An der Theke stand eine FRAU, direkt dem neuesten Penthouse entstiegen, hatte sich nur noch rasch ein paar Kleider übergeworfen. Au, das tat weh! Perfection. Langes blondes Haar, das über den Rücken strömte, ein Körper, der sich durch den Mantel hindurch deutlich und klar in seiner ganzen Vollendung abzeichnete. Es gibt sie also doch hier, dachte ich, es gibt sie also doch!

In mir begann es zu jubeln, und vor purem Glück vibrierten meine Eier wie ein Paar gutgestimmter Marracas.

Die Frau machte eine anmutige Drehung und verschwand mit einer Tüte voller Wiener Plundergebäck zur Tür hinaus.

Roffe riß den Blick von der Erscheinung.

„Not bad", sagte er, „not bad. He??"

„Control yourself", sagte ich und versuchte, diese Aufforderung selbst zu beherzigen. „Na, wie war das mit den Namen?"

„Die müssen wir uns noch reiflich überlegen", sagte er. „Schreib mal erst ein paar gute Texte, vielleicht inspiriert uns das."

8

Nachdem Roffe in der U-Bahn verschwunden war, fiel mir plötzlich ein, daß Tante Agnes bestimmt mit dem Essen auf mich wartete und sich vermutlich Sorgen machte und sich fragte, wo ich abgeblieben sei. Ich ging in eine Telefonzelle und rief sie an.

„Entschuldige“, sagte ich, „ich habe ganz vergessen, dich anzurufen. Aber ich war mit einem meiner neuen Mitschüler im Café.“

„Wie schön!“ sagte sie.

Und das traf an und für sich ja zu, es war tatsächlich ganz schön gewesen.

„Ja“, sagte ich, „aber jetzt komme ich so schnell wie möglich, ich muß nur schnell zur Schule zurück und das Fahrrad holen.“

„Laß dir Zeit“, sagte sie, „ich kann das Essen ohne weiteres aufwärmen.“

„Prima. Bis nachher.“

Ich mochte Tante Agnes mit jedem Tag ein Stückchen mehr. Sie war in keiner Beziehung aufregend oder irgendwie besonders – sie schien mir ganz einfach in Ordnung zu sein. Und sie *schnüffelte* nicht, etwas, das ich sehr zu schätzen wußte. Sonst ist das ja eine dieser sagenhaft ätzenden Eigenschaften der „Erwachsenen“, immerzu wollen sie schnüffeln, wühlen und einen neugierig verhören, ihr wißt schon.

Während ich die Stockholmer Straßen entlangtrabte, dachte ich an Roffe. Ich überlegte, wer er eigentlich war. Und dann dachte ich: Und wer bin ich selbst überhaupt? He?

Warum fragt man sich andauernd, wer die anderen sind, wenn man selbst nie weiß, wer man selbst eigentlich ist?

Es war gegen sechs Uhr abends, und die Läden leuchteten bläßlich durch den Sprühregen.
Das vergaß ich wohl zu erwähnen?
Also – als Roffe und ich aus der U-Bahn heraufkamen, fiel ein sanfter Regen, der inzwischen in einen Sprühregen übergegangen war – kleine Regentropfen, die frei im Licht der Dämmerung schwebten.
Ziemlich viele Leute waren zum Einkaufen unterwegs, wenigstens verglichen mit meinem Kaff.
Ich hatte keine große Lust, nach Hause zu radeln und in Tante Agnes' Küche irgendwas zu essen. Aber schließlich konnte ich mich ja nicht den Abend in der Stadt herumtreiben.
Irgendwie fühlte ich mich leer. Verdammt leer. Vielleicht war ich müde. Immerhin ist es anstrengend, so viele neue Menschen zu treffen, in eine neue Schule zu kommen und nicht so recht zu wissen, wo man hingehört. Es ist anstrengend, nirgends verankert zu sein, so to speak. Aber gleichzeitig wollte ich gar nicht verankert sein, wollte ich nirgends „daheim" sein.
Ja, wie zum Henker wollte ich es eigentlich haben?
Und wie sollte ich selbst sein?
Ja, genau: wie sollte ich *sein?*
Ich meine, einer meiner Hauptgedanken war ja gewesen, daß es einfach hinreißend und phantastisch sein mußte, völlig UNBELECKT in eine ganz neue Stadt zu kommen. Ganz weiß, sozusagen, wie ein völlig leeres DIN-A4-Blatt, das in eine funkelnagelneue Schreibmaschine gesteckt wird. Genau das hatte ich mir ja vorgestellt: ich würde in eine andere Stadt kommen, wo mich niemand kannte, wo ich anders SEIN könnte, wo ich anders WERDEN könnte, wo ich Sachen sagen würde, die ich daheim im Kaff nie sagen könnte, weil es dort einfach nicht möglich wäre.
Wie kommt es nur, daß alles sich so idiotisch entwikkelt?
Daheim im Kaff hatte ich immer das Gefühl gehabt, daß die ANDEREN es besser wußten als ich, wie ich eigentlich

zu sein hatte. Die anderen wußten, wie ich mich anzuziehen hatte, wie ich mich zu benehmen und was ich zu denken und zu empfinden hatte.
Kaum sagte ich etwas, das nicht in ihr Bild von mir paßte, kamen sie angerannt und fuchtelten mit ihren warnenden Zeigefingern vor meiner Nase herum.
„Mann, mach mal halblang, glaub nur nicht, daß du hier den starken Mann markieren kannst!"
Zog man mal was Ausgefallenes an, kam zuerst meine Mutter, starrte mich mit aufgerissenen Augen an und sagte:
„Willst du *so* auf die Straße?"
Und dann, wenn man trotz ihrer Proteste losgegangen war, kamen die Saftsäcke aus der Penne, glotzten einen miesepetrig an und fragten:
„Du siehst ja echt behämmert aus – gehste etwa auf ein Kostümfest oder was?"
Kaum wich man auch nur um Haaresbreite vom „normalen" Ich ab, war man übel dran – das gab sofort Getuschel, Gespött und hämisches Grinsen. Kaum wollte man etwas ausprobieren – anders aussehen, anders reden oder ausnahmsweise eine andere Meinung vertreten, rannte man direkt gegen eine unverputzte Backsteinmauer.
Das schlimmste daran war ja, daß man selbst überhaupt kein Wörtchen mitzureden gehabt hatte, als dieses Bild von einem selbst entworfen worden war.
Andere Leute in kleine Fächer pressen – das war die absolute Spezialität dieser Tranfunzeln. Die waren ja so einspurig, daß einem echt Angst werden konnte. Hatten sie einmal einen Araber gesehen, schienen sie zu glauben, sie hätten alle Araber gesehen. Hatten sie einen Jugendlichen gesehen, wußten sie nur allzu gut, wie alle Jugendlichen heutzutage waren...
Nie hatte man die Möglichkeit, etwas zu ERPROBEN und zu TESTEN! Und dabei ist es doch genau das, was man tun muß, wie zum Teufel soll man sonst dahinterkommen, wie man sein will?

„Stell dich nicht an, das bist doch nicht du, das meinst du doch nicht wirklich!“
Klingt das irgendwie bekannt?
Bloody awful, isn't it?
Mein Fahrrad stand als einziges noch vor der Schule. Es sah genauso aus, wie ich mich manchmal fühlte: einsam und verlassen in regnerischer Dämmerung, an einen Fahrradständer angeschlossen...
Nun war ich ja nicht direkt an einen Fahrradständer angeschlossen, aber dennoch...
Ich schloß das Fahrradschloß auf und strampelte nach Hause zu Tante Agnes. Verschlang eine ordentliche Portion von einem himmlischen Krautauflauf. Trank Kaffee und sah fern. Tante Agnes strickte.
Dann ging ich mit Cool Carol ins Bett. Sie beendete ihr Telefongespräch, legte den Hörer auf und schenkte mir ihre ungeteilte Aufmerksamkeit. Ihre Brüste füllten meine gewölbten Handflächen. Sie legte mich auf den Rükken und setzte sich rittlings auf mich, hielt meinen pochenden Schwanz mit der Hand hoch und half ihm, in sie einzudringen. Sie umschloß mich, sie war feucht und warm. Sie blickte mir tief in die Augen und sagte:
„I prefer young lovers like you. Your eagerness and appetite turns me on.“

9

The same old School Blues…
Ja, leider. Alle meine Hoffnungen entpuppten sich sehr bald als Traumgebilde. Die Lehrer waren kein Milligramm besser als die Pauker daheim im Kaff. Der Unterricht war ausgesprochen peinlich. Sogar der Musikunterricht – der war ungefähr so amüsant wie schwedische Grammatik. Es war mir unmöglich, zu begreifen, wie man eine so schöne Sache wie Musik in etwas so mörderisch Langweiliges verwandeln konnte. Doch das war ganz offensichtlich kein Problem – o nein.

Roffe und mir wollten einfach keine guten Namen einfallen. Ich schrieb ein paar Songtexte, zeigte sie ihm aber nicht. Einer davon enthielt gewisse Möglichkeiten, ich wollte aber vorher noch etwas daran herumfeilen.

Allmählich lernte ich ein paar von den übrigen Mitschülern kennen – und das war auch nicht besonders aufbauend. Sie waren genauso beschränkt und eingemottet wie meine Mitschüler im Kaff. Natürlich nicht ausnahmslos alle, ein paar wirkten ganz okay, und ich mußte ihnen wohl etwas Zeit lassen.

Bereits in der zweiten Woche wurden wir einzeln zu einer Person gerufen, die sich Praktische Berufsberaterin nannte.

In der letzten Stunde war ich an der Reihe – das war mir sehr recht, so blieb mir eine Stunde Harmonielehre bei einer Tante erspart, die ungefähr um 1860 oder so spielen gelernt hatte.

Ich trabte los, marschierte eine Menge Treppen rauf und gelangte schließlich an die Tür der Beraterin. Ich drückte auf den Knopf an diesem albernen Leuchtkasten. Das grüne Licht leuchtete prompt auf.

Das Zimmer war klein und wirkte noch kleiner, weil es

mit scheußlichen Büromöbeln vollgestopft war. In einem Regal an der einen Längswand standen meterweise blaue Aktenordner.
Die Praktische Berufsberaterin trug eine Brille und hatte ein graugrünes Kostüm mit einer grauweißen Rüschenbluse an. Sie lächelte mir zu, was aber nicht besonders überzeugend aussah. Ich überlegte, wie alt sie wohl sein mochte – vermutlich war sie viel jünger, als ich glaubte.
Kaum hatte ich mich hingesetzt, begann sie zu quasseln. Mann, was die alles quasselte! Sie laberte ununterbrochen, lallte über „Ausbildungsmöglichkeiten", „Berufswahl", „Arbeitsmarktkonjunktur" and so on.
Schon nach dreißig Sekunden machte ich die Ohren zu. Statt dessen malte ich mir aus, wie sie aussehen würde, wenn sie die Haare offen auf die Schultern fallen ließe, anstatt sie zu einem straffen Tantenknoten zurückzustecken. Vielleicht würde es ihr auch gut tun, ihre Haare zu färben. Und wie wäre es, wenn sie sich Kontaktlinsen besorgen würde, damit man sich von dieser fürchterlichen Brille erholen könnte. Die hatte nämlich wahrhaft gigantische Ausmaße, etwas, das manche Frauen wohl für schick halten.
Leider mußte ich zugeben, daß selbst diese kleinen Tricks nicht allzu viel bringen würden.
Plötzlich entdeckte ich, daß sie mich auffordernd anstarrte, und mußte daher meine Überlegungen unterbrechen.
„Entschuldigung?" murmelte ich und rutschte auf meinem Stuhl hin und her.
„Ich sagte: was für einen Beruf hättest du denn am allerliebsten?" knallte sie mir hin.
„Äh... Was? Also... Na ja, also, ich weiß nicht..." stotterte ich und versuchte, mich bequemer hinzusetzen.
„Weiß nicht! Aber irgendwas mußt du dir doch überlegt haben – über irgendeinen Beruf wirst du doch nachgedacht haben! Was wär denn dein ‚Traumjob'? Hast du

noch nie davon geträumt, was du am allerliebsten machen würdest, wenn du es dir selbst aussuchen dürftest?"

Ich wußte nicht, was ich antworten sollte. Mir kam die Frage echt komisch vor. Und was sollte das überhaupt heißen – „wenn ich es mir selbst aussuchen dürfte?"

War das denn nicht sowieso klar? Würde es sich etwa um eine Art Strafkommando handeln?

Wahrscheinlich sah ich ziemlich vernagelt aus. Sie beugte sich über den Schreibtisch und starrte mich an.

„Hör mal, hast du denn keine Ahnung? Wenn du es dir überlegst – WAS würdest du am liebsten tun? Kannst du nicht einmal das beantworten – womit möchtest du arbeiten? Oder – was willst du eigentlich?"

Was will ich? dachte ich.

Was ich will? Ja, doch, das weiß ich, ich will glücklich werden. Und außerdem will ich mich amüsieren. Ich will LEBEN. Ich will Kalbsfilet essen und frische warme Double Burgers. Ich will mit einem Riesendurst eiskalte Pepsis mit massig Eiswürfeln trinken oder Halbe-Halbe in mich reinschütten – Guiness Stout und Bass Pale Ale – literweise. Ich will jeden Morgen auf diese unbeschreiblich herrliche Weise kacken, daß die Knie vor Glück vibrieren und einem die Tränen kommen. Ich will lachen, reden und weinen. Ich will Berghänge runterrennen und den eisigen Oktoberwind im Haar spüren. Ich will eine Mädchenfrau bumsen – ich will ihre vor Schweiß salzigen Brustwarzen lecken und spüren, wie ich tief hineingleite, ich will ihre schlanken Hüften umschlingen und so tief in sie eindringen, daß ich fast in ihrem Leib ertrinke, und ich will all die Lust und Freude, die ich in mir habe, in sie reinspritzen.

Sollte ich das sagen?

Ich will

– ich will an einem Wintermorgen im Bett bleiben, frische Zimtschnecken und dampfend heißen Kakao serviert bekommen und viele Stunden lang liegen bleiben und essen und trinken und sämtliche Tim- und Struppi-Hefte noch einmal lesen. Ich will glücklich sein. Ich will die Jagd nach dem verlorenen Schatz immer wieder aufs neue sehen, ich will lernen, Calypso zu tanzen, und aufhören, Wein ekelhaft zu finden – ich will kühle, weiße, teure Weine lieben und genießerisch den Duft, der aus den tiefen Gläsern aufsteigt, einatmen. Ich will jemand kennenlernen, den ich an einem laubraschelnden Frühsommermorgen anrufen kann, um zu sagen:

„True love leaves no traces, if you and I are one
It's lost in our embraces, like stars against the sun."

GLÜCKLICH GLÜCKLICH GLÜCKLICH – genau das ist es, was ich werden will. Ich will die Welt retten, alle Ungerechtigkeiten und Kriege beenden und gleichzeitig steinreich werden und jeden Tag high life machen. Ich will ein berühmter Bestsellerautor werden oder triefend schmalzige Schlager schreiben und damit Multimillionär werden. Ich will zwischen Paris, London und Rom pendeln und ein Vermögen für Kleider, Kunst, Wein und Essen ausgeben. Ich will die Welt von allem Elend befreien, und ich will in großen, luftigen Dachterrassenwohnungen von ungefähr fünf- oder sechshundert Quadratmetern leben, und ich hätte sehr gerne eine Tasse Kaffee und eine Zigarette.

Ich versuchte, das Karussell in meinem Kopf anzuhalten, doch damit hatte ich Probleme. Meine Gedanken kreisten, wirbelten und warfen sich haltlos hin und her, sie schwollen und wuchsen in mir. Ich saß da und fühlte, wie ich scharf wurde – natürlich nicht auf die Praktische Berufsberaterin, nein, aufs Leben, auf all das Schöne, auf das Glück.

Ich blickte ihr direkt in ihre Schmeißfliegenbrille und sagte dann mit einer Stimme, die sehr zufrieden klang:

„Was ich will?"

Sie blinzelte – vermutlich in dem Glauben, jetzt hätte sie endlich eine Art Kontakt mit diesem muffligen Typ hergestellt.

„Ja, genau das: was du willst", sagte sie mit einem Lächeln, das sie wohl für ermunternd hielt.
Ich lächelte zurück, ein herzliches Lächeln, das ein paar stumme Sekunden dauerte, dann sagte ich:
„Ich will glücklich werden."
Ihr hättet sie sehen sollen!
Bestimmt traute sie ihren Ohren nicht. Die Luft ging aus ihr raus, und sie sank in ihrem Stuhl zusammen. Gleichzeitig tauchte eine gereizte Runzel zwischen ihren Augenbrauen auf.
„Ja, ja", seufzte sie, „mit dieser Einstellung kommen wir nicht weiter, das mußt du doch einsehen. Begreifst du denn nicht, daß wir dieses Gespräch tatsächlich im vollen Ernst führen – es geht um deine Zukunft, *dein Leben!*"
„Genau", bestätigte ich, aber ich glaube kaum, daß sie checkte, was ich damit meinte. Leider.
Sie tat so, als hätte sie meinen Einwurf nicht gehört, und fuhr fort:
„Und wenn du es genau wissen willst, sitze ich nicht hier, um meine Zeit mit solchen Dummheiten zu vergeuden. Hast du überhaupt zugehört, als ich mit dir gesprochen habe? Ich sitze nicht hier, weil es mir Spaß macht – das hier ist mein Beruf, und du bist hergekommen, damit wir gemeinsam eine vernünftige Ausbildungsalternative erarbeiten und – "
An dieser Stelle unterbrach ich sie. Jetzt hatte ich die Nase voll. Hier saß ich und war echt scharf auf das Leben, und da saß sie hinter ihrem Schreibtisch und tat ihr Bestes, um alles zu zerstören.
„Ihre Arbeit macht Ihnen also keinen Spaß?"
fragte ich sehr spitz (auf den Tonfall, den ich bei dieser Gelegenheit zustande brachte, bin ich immer noch stolz).
Sie seufzte noch einmal:
„Ach du lieber Himmel, können wir denn nicht ernsthaft..."
Ich unterbrach sie wieder.

„Wenn das so ist, wenn Ihnen diese Arbeit keinen Spaß macht, müßten Sie anfangen, sich eine andere Ausbildungsalternative zu überlegen", sagte ich mit affektierter Stimme. „Also, wenn Sie sich hier nicht wohlfühlen, sollten Sie wirklich versuchen, einen Job zu finden, der Ihnen Freude bereitet – will sagen, einen Job, wo Sie sich entwickeln, wo Sie Ihre angeborene Kreativität benützen können, eine Arbeit, die herausfordert, Ansprüche stellt und gleichzeitig stimulierend ist."

„Er war sehr mit sich selbst zufrieden. Er genoß die Situation. Er amüsierte sich. Er griff beinahe jedes Wort aus ihrem einleitenden Monolog auf und schlug es mit perfekt abgewogener Backhand in ihre Platzhälfte zurück. Seine Schläge pfiffen übers Netz und bohrten sich in den Kreidestaub. Ganz offensichtlich war die Dame im graugrünen Kostüm es vor allem gewohnt, selbst die Angabe zu haben; daß ein anderer dies übernehmen könnte, schien ihr etwas ganz Neues zu sein."

Sie gab auf.

Sie knallte den gelben Bleistift auf die Schreibtischunterlage und stand heftig auf. Schwerfällig umrundete sie den Tisch, machte drei Schritte zur Tür.

„Wollen Sie schon gehen?"

fragte ich und sah, wie die unterdrückte Wut in ihr brodelte. Sie riß die Tür sperrangelweit auf und spuckte mir zischend entgegen:

„Raus! Raus – verschwinde!"

Ich erhob mich mit betonter Langsamkeit. Ich wußte, daß ich etwas Dummes gemacht hatte, denn jetzt würde sie sich natürlich bei den Lehrern und beim Rektor und Gottweißwo beschweren, aber gleichzeitig fühlte ich mich auch sauwohl.

„Ach ja, ach ja", sagte ich mit einem tiefen Seufzer, „Undank ist der Welt Lohn, nicht wahr? Aber wissen Sie was, ich würde vorschlagen, daß Sie sich unsere Unterhaltung bis zum nächstenmal etwas durch den Kopf gehen lassen."

Sie begann fast, vor Wut auf der Stelle zu hüpfen.
„Verschwinde!“ zischelte sie zwischen zusammengebissenen Zähnen hervor.
Dann kochte sie über. Sie warf mich förmlich aus dem kleinen Zimmer und knallte die Tür dann mit solcher Heftigkeit zu, daß eine Reihe von Sport-Medaillen, die kunstvoll in einer Vitrine im Flur arrangiert waren, von ihren Haken fielen.
Der Flur war graugrün. Genau wie das Kostüm der Beraterin.
Ich sah auf die Uhr. Die letzte Stunde war fast vorbei, also trottete ich in das hallende, große Treppenhaus hinaus. Dort war es jetzt leer und verlassen, daher konnte ich endlich das tun, worauf ich am ersten Tag Lust gehabt hatte: ich rutschte das Treppengeländer hinunter bis zum Eingang.
Draußen vor dem Schultor blieb ich kurz stehen.
Die kühle Luft schmeckte nach Herbst, sie war klar, hatte einen Biß und beruhigte mich.
Und Beruhigung war etwas, das ich jetzt nötig hatte. Mein Herz klopfte rascher als sonst, mein Puls ging heftiger. Gleichzeitig war ich sehr ruhig, ruhiger als ich seit langem gewesen war. Ich war ruhig wie ein schlafender junger Hund, und gleichzeitig war ich voller Lust, Geilheit, Freude – ein großer saugender Appetit auf das Leben erfüllte mich.
(Mannomann, manchmal schreibe ich echt gut, nicht wahr?)
Ich rannte über den Schulhof, schloß das Fahrrad auf und radelte davon, mein ganzes Gesicht war ein einziges großes Grinsen. Beim erstbesten Zigarrenladen hielt ich an und kaufte mir eine Schachtel Gauloise King Size Filter. Auf der Rückseite ließ der Gesundheitsminister wieder mal seine Witze vom Stapel, da stand nämlich:
„Bitte vermeiden Sie es, in Gegenwart von Kindern zu rauchen. Der Rauch reizt ihre Atemwege.“
Draußen auf dem Gehweg sah ich mich um. Keine einzi-

ge Rotznase in Sicht, also konnte ich mir mit gutem Gewissen eine Zigarette anstecken.

Ich schwang mich auf eines dieser Dinger, das die Telefongesellschaft überall in der Stadt verteilt hat. Ihr wißt schon, diese komischen Schränke, die direkt an den Hauswänden stehen. Ich hab keine Ahnung, wie man die eigentlich nennt oder wozu die gut sein sollen, aber zum Draufsitzen sind sie ausgezeichnet.

Da saß ich also.

Ich machte einen tiefen, kräftigen, himmlischen, phantastischen Lungenzug.

Doch, logo. Natürlich weiß ich, daß Rauchen

gefährlich

ist. Klar. Scheußlich, man kriegt KREBS, und mit jeder Zigarette verkürzt man sein Leben um viele Jahre, und man macht sich selbst kaputt, und man wird GRAUENHAFTE QUALEN erdulden müssen, bevor man vorzeitig ins Krematorium kommt. Schon gut, schon gut, ich weiß alles. But who cares?

Also mal ehrlich, gibt's IRGENDWAS, von dem man *nicht* Krebs kriegt?

Das einzige, was mir so spontan einfällt, ist Bumsen, aber davon kriegt man ja andererseits AIDS und muß dann auch sterben.

Gibt es eigentlich IRGENDWAS, das man tun DARF???

Nicht fluchen, nicht saufen, nicht in der Nase bohren, nicht rauchen, nicht wichsen, nicht gut essen, nicht zu viel essen, nicht bumsen, nicht Video sehen, keine „schmutzigen Heftchen" ansehen, sich ja nicht einbilden, daß man was taugt, nicht faulenzen, dieses nicht und auf keinen Fall jenes, nicht rülpsen, nicht furzen, nicht Heck und nicht Meck, nicht nicht nicht nicht nicht nicht.

Es wimmelt von Weltuntergangspropheten, die einfach auf ALLES losgehen und einem am liebsten einreden würden, es wäre besser, sich gleich nach der Geburt zum Sterben hinzulegen.

Komisch, keiner von ihnen ist bisher darauf gekommen,

daß es eigentlich, ja, EIGENTLICH ganz entsetzlich gefährlich ist, überhaupt zu *leben* – denn daran STIRBT man ja.
DAS LEBEN KANN EINZIG UND ALLEIN ZUM TODE FÜHREN!
Das wird bestimmt bald eine Schlagzeile.
Der Artikel dazu wird folgendermaßen lauten:
„In einer wissenschaftlichen Untersuchung, durchgeführt vom Weltuntergangsrat, hat man nun mit großer Gewißheit festgestellt, daß zwischen Leben und Tod ein deutlicher und erschreckender Zusammenhang besteht. Die Untersuchung zeigt, daß das Leben mit hundertprozentiger Sicherheit unweigerlich zum Tod führt. Der Gesundheitsminister erwägt nun, auf allen Geburtsurkunden und Personalausweisen Warnhinweise anbringen zu lassen."
Ich machte noch einen tiefen Lungenzug.
Und es ging mir noch besser.
Die Sonne schaute zwischen ein paar schweren Wolkenschwaden hervor. Zwei Frauen kamen den Gehweg entlanggeklappert. Sie hatten helle Trenchcoats an und trugen Einkaufstüten. Sie unterhielten sich nicht, gingen nur nebeneinander her und lächelten. Und ich konnte sie verstehen. Die eine sah mich an und lächelte noch mehr. Sie war recht schön, etwas zu alt vielleicht, aber, aber...
Sie lächelte und lächelte, ihre rotglänzenden Lippen öffneten sich, dann sagte sie:
„Komm, bambino, komm...
Nur daß sie das natürlich nicht sagte. Aber es hätte mich keineswegs überrascht, wenn sie es getan hätte.
Ich folgte ihnen mit Blicken, als sie vorbeigingen. Unter den flatternden Mänteln ließen sich rhythmische Hüften erahnen...
Die klappernden Absätze klickten davon.
Der Verkehr auf Karlavägen strömte in sporadischen Schüben, die nachmittägliche rush-hour hatte noch nicht eingesetzt.

Eine dußlige Ziege fuhr auf dem Fahrrad an mir vorbei. Doch, ich weiß, daß sie echt dußlig war, sie hatte nämlich ein blaues Sweatshirt an, das die Aufschrift trug:
A Non-Smoking Generation
Ich paffte eine große Rauchwolke hinter ihr her, doch das sah sie leider nicht. Unglaublich, was für eine Menge Non-generations im Laufe der letzten Jahre aus dem Boden geschossen sind.
Zuerst diese Lahmärsche mit ihrer A NON-SMOKING GENERATION, dann kamen die ätzenden A NON-DRINKING GENERATION, und nach Karate Kid und dem ganzen Mist tauchte A NON-FIGHTING GENERATION, auf.
Als nächstes kommt garantiert A NON-FUCKING GENERATION, wegen AIDS!
Denen ist doch echt nicht mehr zu helfen! Warum muß immer alles umkippen? Entweder wir werden fanatische Antialkoholiker, oder wir saufen uns um Sinn und Verstand – das scheinen die einzigen Alternativen zu sein. Die wenigsten begreifen, daß alles eine Frage der Balance, des Gleichgewichts ist. It's all a question of balance, you twits.
Ich warf den Zigarettenstummel aufs Pflaster und zerdrückte ihn mit der Schuhspitze.
Dann schwang ich mich auf mein weißes Roß und ritt davon, daß der Staub nur so hinter mir herstob.

10

Ich wurde einfach nicht ganz schlau aus Roffe. Allerdings wurde er aus mir wohl ebensowenig schlau. Wir wurden Freunde, aber irgendwie doch nicht. Wir trafen uns jeden Tag in der Schule, redeten pausenlos – über unsere Vorlieben und Abneigungen –, und Tag für Tag lernten wir einander besser kennen. Wir schwänzten ziemlich oft und besuchten statt dessen die verschiedenen Cafés und Kneipen – Roffe führte mich in sein Stockholm ein.

Unsere Suche nach klangvollen Namen blieb weiterhin ohne Erfolg.

Mittlerweile hatte ich einen Song-Text zusammengeschustert, der mit großen Ovationen aufgenommen wurde, als ich ihn in der Mittagspause im Café OGO am Stureplan überreichte.

Nein, keine Angst, ich habe nicht vor, euch hier den ganzen Text zu präsentieren, obwohl er wirklich eindrucksvoll ist. Er fängt so an: Here I am on the boulevard / trying discreetly so very hard / to somehow discover a face / *your* face in the crowd.

Und mitten im Text kommen dann diese drei Zeilen, als eine Art Break:

„Here I am in my kitchen
searching for a new,
a new religion."

Wenn das kein genialer Reim ist!

„Mucho goody", nickte Roffe und kaute intensiv an seiner Zimtschnecke. „Wenn ich jetzt noch eine unsterbliche Melodie dazu komponiere, gibt das einen echten Knüller!"

Er nickte zufrieden, was mich wiederum sehr zufrieden stimmte. Es ist ja immer nice, von jemand anderem gelobt zu werden, von mir selbst bekam ich ja genügend Anerkennung.

Roffe gefiel mir. Er gefiel mir immer besser. Und ich glaube, er mochte mich auch.

Allem Anschein nach hatte er nicht allzu viele andere Kumpels. Er kannte zwar eine Menge Leute, aber ich begann zu ahnen, daß er keinen richtigen engen Superkumpel hatte, wie es sich eigentlich für einen anständigen Jugendlichen gehört. (Sonst ist doch irgendwas nicht in Ordnung, stimmt's? Sonst ist man doch echt nicht normal!) Und das gefiel mir auch, denn ich war ja genauso – und für Leute, die so sind wie man selbst, hat man ja immer eine Schwäche, isn't it so?

Wie es schien, teilten wir die meisten Ansichten über the important things in life, also über Musik, Filme, Bücher, Sex und Essen. Auch wenn ich ganz offensichtlich sehr viel mehr gelesen hatte als er.

Aber trotz allem – obwohl wir tagsüber andauernd zusammensteckten und obwohl wir ganz eindeutig geradezu prädestiniert waren, echte Superkumpels zu werden – hatte er mich kein einzigesmal daheim bei Tante Agnes besucht, oder ich ihn in seinem Elternhaus. Wir hatten nicht einmal darüber geredet, irgendwie vermieden wir dieses Thema. Wir hatten auch noch kein einzigesmal privat miteinander telefoniert. Wir existierten nur montags bis freitags füreinander, von acht Uhr morgens bis ungefähr fünf, halb sechs Uhr nachmittags.

Und das fand ich gut so. Sehr gut. Daheim im Kaff kannte ich keinen einzigen, der so war – abgesehen von mir selbst. Dort brauchte man bloß jemand kennenzulernen, und schon drängte er sich auf, wollte einen daheim besuchen, egal, ob es paßte oder nicht, meistens sogar, ohne vorher anzurufen oder einen vorzuwarnen. So einer drückte dann einfach rein, wollte in meinem Zimmer hocken und in meinen Zeitschriften blättern und auch noch mit meinen alten Herrschaften quasseln, als ob die seine neugefundenen Kumpels wären. Anschließend wurde man zu den stupidesten Anlässen eingeladen – in Wochenendhäuser oder zu Geburtstagspartys von irgendwelchen Schwestern oder ähnliches. Ich lehnte immer energisch ab, und nachdem die Leute mir endlich auf den Trichter gekommen waren, gaben sie's auf und suchten sich andere Kumpels. Vermutlich glaubten sie, ich hätte eine Macke oder so. Und das durften sie gerne glauben, das juckte mich überhaupt nicht.

Aber mit Roffe war es anders. Ehrlich gesagt, war ich ziemlich platt.

Da sieht man's mal wieder.

Ich entdeckte, daß *ich* jetzt derjenige war, der immer häufiger zu überlegen begann, wo Roffe wohl wohnte, was er eigentlich trieb, wenn wir nicht zusammen waren, und wie seine Eltern aussehen mochten. *Ich* war jetzt derjenige, der Roffes Adresse im Schulkatalog aufschlug und seine Telefonnummer aufschrieb. Doch dann bremste ich mich selbst. Das, was von Montag bis Freitag so optimal funktionierte, konnte sehr wohl zerbröckeln, wenn wir uns gegenseitig zu sehr auf die Pelle rückten. Das war ja genau der Punkt, den die Trantüten bei mir daheim nie kapierten. Dann würde diese Spannung, diese leicht elektrische Ladung zwischen uns ganz und gar verschwinden. Jetzt dagegen waren wir für einander noch irgendwie spannend, ungefähr wie wenn man ein Mädchen kennenlernt. Ja, zwischen uns bestand tatsächlich etwas, das man als „erotisches Knistern" hätte bezeichnen können, wenn dies ein anderes Buch wäre. (Nein, ich bin kein Schwuli, aber würde es etwa etwas ausmachen, *wenn* ich einer wäre? He? Falls ihr das findet, könnt ihr euch genausogut gleich einsargen lassen, als echt mumifizierte Vorsintflutler!)

Roffe war mein Sicherheitsventil, und ich das seine.

Eines Morgens kam ich in den Schulhof gefegt, machte eine tollkühne Querwende, die ich gerade neu gelernt hatte, und fuhr dann direkt in den Fahrradständer, daß es nur so klapperte. Ich war sehr aufgekratzt. Ich sprang

vom Fahrrad, schloß es ab und sah mich um, suchte zwischen all den Gesichtern auf dem Schulhof nach Roffe. Schließlich entdeckte ich ihn. Er saß auf der Treppe und blätterte in einer Literaturanthologie.
„Möchtest du eine rauchen?" fragte ich atemlos, als ich bei ihm ankam.
„Danke, hab gerade eine geraucht."
Er schüttelte den Kopf und sah kaum von seinem Buch auf.
„Mensch", fauchte ich und tat so, als hätte ich seine Antwort nicht gehört, „hier, nimm eine!"
Er klappte das Buch zu und sah blinzelnd zu mir hoch.
„Das klingt ja echt wie eine Zigarettenreklame", sagte er lächelnd.
Ich nickte und fühlte dabei eine fast kindliche Erregung.
Er nahm eine Gauloise aus der Schachtel, die ich ihm hinhielt. Gleichzeitig stand er auf und bürstete seine Hose aus. Er steckte die Zigarette zwischen die Lippen.
Da schaltete ich meine Harrison Ford-Stimme ein:
„Watch this",
sagte ich und zog ein schwarzschimmerndes Chinalack-Dunhill-Feuerzeug aus der Jeanstasche.
Roffes Kinn fiel runter, es gelang ihm aber, die Zigarette zwischen den Lippen zu behalten. Er riß die Augen auf und schien kaum glauben zu können, was er sah.
„Ist das eine Kopie?" fragte er atemlos.
„Keineswegs", sagte ich lässig, „keineswegs. It's the real thing."
„Mon dieu", sagte er und schnappte nach Luft.
„Ja, nicht wahr", sagte ich zufrieden.
Er beugte sich vor und zündete seine Zigarette an der kerzengeraden Flamme des Dunhill-Feuerzeugs an. Ich klappte den kleinen Deckel zu und legte das Feuerzeug auf die Handfläche, genau wie ein geschickter Verkäufer es tun würde. Roffe nahm es mit angehaltenem Atem. Er wog es in der Hand und zündete es ein paarmal an.

Dann gab er es mir wortlos zurück und lächelte ein ganz besonderes Lächeln.
In diesem Augenblick läutete es, und wir gingen hinein.
Am Nachmittag ließen wir die letzten beiden Stunden ausfallen (es handelte sich um eine Doppelstunde Englisch, und Englisch konnten wir viel besser als unser Lehrer, der vermutlich 1942 einen Linguaphone-Kurs gemacht hatte und es sich seither nie mehr hatte leisten können, nach England zu fahren oder ins Kino zu gehen*, wenigstens seiner verheerenden Aussprache nach zu urteilen.)
Wir begaben uns in die Konditorei Sture an der Kreuzung Karlavägen-Sturegatan. Als wir glücklich dort saßen, unseren heißen Kaffee anpusteten und knusprige Kopenhagener futterten, nahm Roffe sich mein Dunhill-Feuerzeug noch einmal vor. Er legte sein Gebäckstück aus der Hand, wischte die Finger sorgfältig an der Serviette ab, nahm die kleine Kostbarkeit, wog sie in der Hand und sah sie bewundernd an.
„Perfect", sagte er atemlos, „ein echtes Wunder."
„Ja, finde ich auch", nickte ich zustimmend.
Wir betrachteten das Feuerzeug voller Andacht. Ohne es hinzulegen, nahm Roffe seine Tasse mit der anderen Hand und trank einen Schluck Kaffee. Dann sagte er:
„Es sieht ganz neu aus."
„Irrtum", sagte ich. „Es ist ungefähr fünfzehn Jahre alt, liegt aber seit vier, fünf Jahren unberührt in einem Schrank."
„Ja, aber trotzdem..."
Er musterte es eingehend, drehte und wendete es hin und her.
„Keine Macke, kein Fleck. Weißt du auch, daß das hier fünfzehn Schichten Chinalack sind?"

* In Schweden sind die fremdsprachigen Filme nicht synchronisiert, sondern nur mit Untertiteln versehen. (Anmerkung d. Übers.)

Ich schüttelte den Kopf.
„Doch, das hab ich irgendwo gelesen, es wird fünfzehnmal eingetaucht – von Hand, mind you!"
„Impressive", lächelte ich und biß ein tüchtiges Stück von meinem Kopenhagener ab.
Ist es euch schon aufgefallen? Er fragte *nicht,* wo ich es herhätte. Das hätten die meisten anderen getan, wenigstens diejenigen, die eine Ahnung davon haben, was so ein Dunhill-Feuerzeug darstellt. Jemand wie Bengt dagegen hätte wahrscheinlich angenommen, daß ich es für 9,75 in Jönssons Zigarrenladen gekauft hätte.
Roffe fragte nicht.
Niemals.
Das machte mich beinahe stumm vor Bewunderung. In meinen Augen war das so eindeutig RICHTIG, ein so deutliches Beispiel dafür, daß Roffe die Dinge *kapierte,* daß er sie *verstand.* (Das läßt sich nicht so leicht erklären, ist vielleicht auch nicht so wichtig. Wenn ihr es checkt, begreift ihr es trotzdem …)
Aber ihr anderen, ihr wollt natürlich prompt wissen, wie dieses Dunhill-Feuerzeug in meinen Besitz gekommen ist, nicht wahr?
Bitte, hab ich mir doch gleich gedacht.
Also, ich hab's gefunden. Daheim bei Tante Agnes.
Als ich eines Abends den Tisch deckte, mußte ich in einem der Küchenschränke nach einer Soßenschüssel suchen.
„Ich glaube, sie steht ganz oben", sagte Tante Agnes und holte den Lammbraten aus dem Ofen.
Ich kletterte auf den Spültisch und sah im obersten Fach im Schrank nach. Sie hatte recht: ganz hinten in der Ecke stand eine schöne alte Soßenschüssel.
Und direkt daneben lag etwas Schwarzes, Rechteckiges, das verführerisch funkelte. Ich sah sofort, was es war. Sein Glanz war so makellos, daß es fast einen selbstleuchtenden Schimmer erzeugte. Es sah aus, als wäre es am selben Vormittag gekauft worden.

„Wow", sagte ich und holte es so vorsichtig heraus, als wäre es zerbrechlich wie ein rohes Ei.
„So, jetzt kannst du die Soße einschenken, das Lamm ist fertig", sagte Tante Agnes und sah zu mir hoch.
„Ach, Herrje", sagte sie dann und schüttelte den Kopf. „Hast du das alte Feuerzeug gefunden? Wie um alles in der Welt ist das nur dort oben gelandet? Es ist bestimmt fünf Jahre her, seit ich es zuletzt gesehen habe. Ich hab es zwar nie gesucht, aber trotzdem..."
„Gehört es dir?" fragte ich und musterte es eingehend.
„Nein, nein", sie lachte, „ich hab noch nie in meinem ganzen Leben eine Zigarette geraucht. Nein, ich hatte ein paar Jahre lang einen Freund, Bertil hieß er. Wir haben zwar nie geheiratet, aber wenn er nicht gerade unterwegs war, wohnte er meistens hier bei mir – er arbeitete auf einem Schiff, weiß nicht mehr genau, was. Wie dem auch sei: er rauchte wie ein Schlot. Na ja, und als er fuhr, blieb das hier zurück, und..."
Ihre Stimme verklang, wie eine Schallplatte. Sie zuckte die Schultern und wischte ihre Hände an der Schürze ab.
„Und dann, na ja, dann kam er nicht mehr zurück."
„Kam er nicht zurück?" fragte ich verblüfft.
„Nein", erwiderte sie lachend. „Er schickte mir eine Ansichtskarte. Ja, eigentlich schickte er vier Ansichtskarten, sie lagen alle in ein und demselben Umschlag und waren wie ein einziger langer Brief – Teil eins bis vier. Und darin erzählte er, daß er Schweden satt habe, das sei aber nicht meine Schuld, im Gegenteil, unsere Beziehung sei das Beste von allem gewesen, aber jetzt habe er Schweden endgültig satt, das *Leben* in Schweden."
Sie nahm die Topflappen und hob die feuerfeste Form mit dem Lammbraten auf den Herd. Der Bratensaft zischte und brodelte. Der Braten war tiefbraun und duftete phantastisch – nach Lamm, Knoblauch und Salbei. Als ich das roch, merkte ich, daß ich einen Riesenkohldampf hatte.

„Ja“, fuhr sie seufzend fort, lächelte aber immer noch dabei, „dann schrieb er, daß er sein Schiff unten in Südfrankreich verlassen habe und daß er versuchen wolle, sich dort unten durchzuschlagen. Eine Wohnung habe er bereits. Er schrieb die Adresse und alles, eine genaue Beschreibung des Ortes – es klang sehr schön, das muß ich zugeben –, und dann wollte er, daß ich zu ihm kommen sollte.“

„Und wolltest du das denn nicht?“

„Nein, um Himmels willen, wie hätte das denn ausgesehen?“

Vorsichtig hob sie den Lammbraten auf ein großes Hackbrett.

„Wieso ausgesehen?“ fragte ich verblüfft. „Wolltest du nicht fahren? War er dir langweilig geworden?“

„O nein, gar nicht, aber ich hatte ja hier meine Wohnung – ich habe ja immer hier gewohnt, sogar immer im selben Stadtteil, und ich ... also, ich weiß nicht, natürlich macht es Spaß, ab und zu ein bis zwei Wochen irgendwohin zu fahren, aber er wollte ja, daß ich für immer kommen sollte, und das wäre wirklich nicht...“

Sie schüttelte ihr leicht ergrautes Haar.

Sie hatte Angst, dachte ich. Aber das sagte ich natürlich nicht. Es war ihrer Stimme anzuhören. Sie hätte genausogut sagen können: „Selbstverständlich wollte ich zu ihm runterfahren, einfach abhauen, von hier weglaufen – aber ich traute mich nicht, wagte es nicht.“ Das ließ sich ganz deutlich zwischen ihren Worten heraushören – zwischen den Zeilen, wie man sagt, nur daß man das nicht sagen kann, wenn jemand spricht.

Sie holte das große Messer hervor und begann, den Lammbraten mit leichter Hand zu tranchieren. (Tranchieren bedeutet, daß man Fleisch aufschneidet – so, jetzt habt ihr das gelernt.) Leckere hellgraurosa saftige, dicke Scheiben fielen im Zeitlupentempo zur Seite, während das Messer zum Holz durchdrang.

„Es riecht umwerfend“, bemerkte ich.

„Mmm“, sagte Tante Agnes verträumt und schnupperte. Ich hatte das Gefühl, daß sie dabei nicht unbedingt den Lammbraten meinte, ich glaube, sie dachte an etwas ganz anderes.
Lächelnd hob sie den Blick und fragte mich:
„Möchtest du es haben?“
Ich sah auf das Feuerzeug hinunter, das ich immer noch vorsichtig in der Hand hielt.
„Nimm es“, sagte sie. „Und übrigens: ganz oben im Schrank muß noch ein Stapel Aschenbecher stehen. Die haben ebenfalls Bertil gehört, er hat sie eine Zeitlang gesammelt – Reklameaschenbecher, du weißt schon. Martini, Gösser Bier und so. Die können wir nach dem Essen runterholen.“
Ich legte das Feuerzeug aus der Hand und leerte die Soße in die Soßenschüssel. Hier handelte es sich nicht um irgendeine beliebige Soße – o nein, diese Soße bestand aus Bratensaft, Colmans Senfpulver, gehackter Petersilie und Crème fraiche. O ja, und sie schmeckte genau so gut, wie das Rezept klingt.
Tante Agnes gefiel mir immer besser. Mit jedem Tag entdeckte ich etwas Neues an ihr, das mir gefiel. Ein wenig tat sie mir auch leid, obwohl offensichtlich mehr Appetit, Lebenslust und Lebensfreude in ihr steckten als in ihrer Schwester – meiner Mutter also. Tante Agnes war OFFENER – vielleicht lag das daran, daß sie keine Kinder hatte und nicht im Elternnetz gefangen war, so etwas gibt es nämlich meiner Ansicht nach auch, vielleicht komme ich später noch darauf zurück, mal sehen. Zum Beispiel – als meine Mutter dahintergekommen war, daß ich rauchte, war es bei weitem nicht so ruhig und zivilisiert zugegangen wie vorhin bei Tante Agnes in der Küche. O nein. Es gab einen Wahnsinnskrawall, begleitet von langen Predigten über die Gefahren und die Lasterhaftigkeit des Rauchens. Ein flammender Sermon wurde da über den Küchentisch losgelassen – während ihre Schachtel Blend und ihr Feuerzeug vor ihr auf dem Tisch lagen…

Tante Agnes drängte mir ihr Leben, ihre Ansichten und Erinnerungen nicht auf. Genausowenig wie Roffe es tat, auch wenn man die beiden wohl kaum vergleichen konnte, aber trotzdem.
Dies war das erste Mal, daß sie überhaupt etwas erzählte, und das walzte sie dann auch nicht aus, überhaupt nicht. Wir aßen, unterhielten uns übers Fernsehprogramm, holten die Aschenbecher runter (eine beachtliche Sammlung, nunmehr in meinem Besitz – enthält eine ganze Reihe von Raritäten, könnt ihr mir glauben!) und dann sahen wir uns einen dieser alten Schinken in der Glotze an.
Und dennoch hatte ich das Gefühl, daß etwas zwischen uns passiert war. Dank diesem Dunhill-Feuerzeug, oder vielleicht auch nicht dank dem Dunhill, sondern dank etwas ganz anderem – das ist schwer zu sagen. Aber ich glaube, Tante Agnes schätzte es auch, daß ich nicht andauernd von meinen Alten und von der Schule und so quasselte. Wir hielten beide eine Art Distanz ein, die unerhört wohltuend und angenehm war. Natürlich kam es vor, daß sie fragte, wie es in der Schule gewesen sei, ob der Film, den ich mir angeschaut hatte, gut gewesen sei, und ähnliches. ABER – und das war ungeheuer wichtig – sie SCHNÜFFELTE nie.
Tante Agnes war auf meiner Hitliste nach oben geklettert und lag jetzt nicht weit hinter Roffe, Cool Carol und Harrison Ford. Keine schlechte Leistung für eine fünfzigjährige Tante.

11

So, und jetzt komme ich zu einer irrsinnig wichtigen Sache, da muß ich schön langsam und ausführlich vorgehen.
Also:
Mittwoch. Mittwoch im Oktober. Tante Agnes klopfte wie immer an die Tür und rief, daß es an der Zeit sei, das Reich der Träume zu verlassen.
Widerstrebend und noch halb im Schlaf setzte ich mich auf die Bettkante. Dort blieb ich erst mal sitzen. Wie immer war mir leicht schwindelig, und es dauerte seine Zeit, bis sich das gelegt hatte. Laut der Zimtzicke, die daheim in der Penne im Zombiekaff Krankenschwester gespielt hatte, war ich viel zu lang, o ja, ich war viel zu lang, und außerdem litt ich an Eisenmangel, daher wurde mir manchmal schwindelig.
„Viel zu lang?" Also mal ehrlich – was zum Teufel soll das heißen? Wenn ich aufrecht stand, war ich einen Meter und sechsundachtzig Zentimeter lang, aber „viel zu lang"? Viel zu lang wofür?
Während ich so dasaß und auf die Rückkehr meines Gleichgewichts wartete, erinnerte ich mich schwach daran, daß ich etwas geträumt hatte, ich wußte nur nicht genau, was. Ich hatte nur so eine Ahnung, die eher eine Art erinnertes Gefühl war als ein direktes Erinnerungsbild.
Dieses Gefühl war aber so unangenehm, daß ich es zu verscheuchen versuchte.
Nachdem mir das gelungen war, entdeckte ich, daß ich eigentlich noch hundemüde war und einen dumpfen, schweren Kopf hatte. Plötzlich erinnerte ich mich – ich war doch tatsächlich bis halb zwei aufgeblieben und hatte geschrieben (an meinem famous Roman). Und dazu

hatte ich einen Liter Bier in mich geschüttet, allerdings waren die beiden Halbliterdosen in ruhigem, gleichmäßigem Takt zwischen halb zehn und halb zwei konsumiert worden. Das dürfte wohl nicht einmal den eifrigsten Non-Drinking-Generation Fanatiker auf die Barrikaden treiben.

Ich schüttelte den Kopf und wankte zu dem Kleiderhaufen auf dem Stuhl neben dem Fenster hinüber. Ich wühlte meine Unterhose hervor und roch daran. Und da wachte ich auf, da wurde ich *hellwach* – sie roch eindeutig nach Pisse, würg! Also öffnete ich den Schrank und holte eine Jockeyunterhose raus – eine schwarze, Modell „Slip". Mmmm...

Als ich Strümpfe und Jeans anhatte, ging ich auf den Lokus und pinkelte. Echt wie ein Wasserfall. Mindestens drei Liter. Ich kapierte einfach nicht, wo all die Pisse herkam, manchmal hatte ich das Gefühl, nur noch auf den Lokus zu rennen.

Wird das jetzt vielleicht etwas zu ausführlich und langweilig? Manche Bücher, die man liest, treiben das Zeitlupentempo ja bis zum Wahnwitz, jeder einzelne unwesentliche Furz, den die Hauptperson läßt, wird beschrieben. Und das kann ich auch nicht ausstehen. Also, okay:

Nach dem Frühstück, Lokus, flüchtiger Waschung und noch flüchtigerem Zähneschrubben zischte ich ab.

Es war ein kalter Morgen, der Herbst war in Topform. Der Himmel leuchtete auf diese spezielle eisig blaue Art, und die Luft wirkte so klar, daß man sich einbilden konnte, sie sei die reinste Gesundheitskur – dabei war sie natürlich genau so verdreckt und giftig wie immer.

Wenn unter den Lesern noch ein paar letzte gehirnamputierte Personen aus der Non-Smoking-Generation übrig sind, werden diese jetzt bestimmt etwas darüber brummen, daß ich mich nicht über verschmutzte Luft zu beklagen brauche, da ich sie ja selbst verschmutze und meine Lungen ja sowieso längst verkohlt seien.

Jetzt haltet mal die verschmutzte Luft an, ja?
Also ehrlich, wenn die Industrie Gitanesrauch und Gauloisedämpfe voller Nikotin und muntermachender Wirkstoffe ausspie, hätten wir doch echt keine Probleme, oder?
Ich radelte also los und absolvierte meinen üblichen Slalom durch den hektischen Verkehr auf Valhallavägen. Anfangs hatte ich ziemlich viel Angst gehabt, als ich durch Stockholm strampelte, aber jetzt wurde ich von Tag zu Tag tollkühner. Irgendwie WUSSTE ich einfach, daß ich nicht als Ziffer in der Verkehrstotenstatistik enden würde. Na ja, wahrscheinlich glaubt das sowieso keiner von sich selbst. Wir glauben alle, daß wir unsterblich sind – das typische „so was passiert nur anderen, aber nicht mir"-Syndrom. Aber was mich anbelangt, also, ich bin TATSÄCHLICH unsterblich.
Die Sonne hing tief über den Häusern, Verkehr und Leute warfen langgezogene Schatten. Es war ein schöner Morgen. Eine richtig funkelnde Angelegenheit. Ja, es war so überwältigend, daß ich eine Querwende machte und zu Humlegården runterfuhr, wo ich das Rad an einen Baum lehnte, mich auf eine Bank setzte und zur Fluppe griff, obwohl ich wußte, daß das nur eines zur Folge haben konnte. Ich würde schon wieder zu spät kommen. So bloody what? Was spielte das schon für eine Rolle, verglichen mit dem schwebenden Glück, das die Zigarette, die Bäume, die Sonne, die Luft und die Menschen auf den Parkwegen mir schenkten? Überhaupt keine Rolle.
Die Zigarette nahm leider ein Ende.
Ich radelte zurück zu Karlavägen und fuhr im Zickzack die restliche Strecke zur Schule. Das letzte Stück spurtete ich bis direkt in den Schulhof, dann machte ich meine berühmte Querwende und raste geradewegs in „meinen" Fahrradständer. Der Trick dabei war, so heftig wie möglich reinzurasen und in exakt demselben Augenblick abzuspringen, in dem das Vorderrad steckenblieb.
Als ich auf dem Boden landete, hörte ich sie.

12

„Oh!“
sagte eine Stimme, die ich noch nie zuvor gehört hatte.
Diese Stimme kam von einem Mädchen, die neben einem Fahrrad, vermutlich ihrem eigenen, stand. Sie hatte es soeben abgeschlossen. Es war nur ein paar Meter von „meinem“ Fahrradständer entfernt geparkt.
Offensichtlich hatte mein ungehobelter Auftritt sie so erschreckt, daß sie ihren Schlüssel fallen gelassen hatte.
Und daher sagte sie:
„Oh.“
Dabei klang ihre Stimme kein bißchen erschüttert. Keineswegs. Im Gegenteil, würde ich sagen, Sie klang cool, calm and collected, wie ein Becher Joghurt.
Als ich den Kopf hob und das Mädchen zum erstenmal sah, dachte ich nichts. Absolut nichts. Oben im Gehirn gab es einen totalen Kurzschluß. Alle Kontakte rasselten raus, alle Sicherungen brannten durch, als hätte der Blitz eingeschlagen.
Wahrscheinlich stand ich da wie ein Ölgötze, völlig gelähmt, und glotzte sie hemmungslos an. Gleichzeitig hallte ihr
„Oh“
mir im Kopf. Es prallte hin und her, wie ein Echo, mit dem Unterschied, daß es nicht wie ein normales Echo langsam verklang, sondern, im Gegenteil, immer lauter wurde.
Ihr
„Oh“
wurde in überdeutlichem Technicolor auf überdimensionierten Leinwänden mit Dolbysensorsoundstereotriplequadrupledigitallasersound gezeigt.
Trotz des Kurzschlusses versuchte mein Gehirn, sich ir-

gendeine clevere Bemerkung einfallen zu lassen. Totale Funkstille, nichts fiel ihm ein.
Es wäre natürlich sehr schön, wenn ich jetzt allen Ernstes behaupten könnte, meine allerbeste Bemerkung zu ihr sei
„Hoffentlich hab ich dich nicht erschreckt, Honey“, gewesen.
Oder:
„What are you doing the rest of your life?“
Oder:
„Ein Glück, daß ich meine Harley Davidson heute daheim gelassen hab.“
Das wäre doch eine echt fetzige Bemerkung gewesen, oder?
Vielleicht etwas zu hoch? Ich meine, hätte sie überhaupt begriffen, wie fetzig die Bemerkung war? Hätte sie sofort kapiert, was ich damit meinte – daß es ein Glück sei, daß ich nicht auf einem großen schwarzen Motorrad angebraust gekommen sei, als ich so direkt ins Fahrradgestell raste, denn dann wäre das Fahrradgestell nämlich bestimmt eingestürzt und sie hätte vor Schreck nicht nur ihren Fahrradschlüssel fallen gelassen, sondern vielleicht sogar eine kleinere Herzattacke bekommen?
Nein, wenn ich es mir überlege, wäre das wohl doch keine allzu gute Bemerkung gewesen. Eine Bemerkung, die man hinterher erklären muß, damit die anderen sie richtig verstehen – also, so eine Bemerkung ist vielleicht doch nicht der letzte Knüller...
Ich sagte nichts.
Wenigstens kann ich mich nicht daran erinnern, daß ich etwas sagte – vielleicht murmelte ich ein „Hallo“ oder was Ähnliches.
Sie sagte auch nichts.
Sie lächelte nur. Sie lächelte mich mit einem kurzen, etwas scheuen Lächeln an, dann bückte sie sich und hob ihren Fahrradschlüssel auf.
Sie nahm ihre Tasche, warf sie sich über die Schulter und

ging schließlich mit raschen kleinen Schritten davon. Ich schloß mein Fahrrad ab und folgte ihr.
Ich war ausgesprochen dankbar, daß sie vor mir ging und daß sie mir den Rücken zukehrte. Aus zwei Gründen war ich dafür dankbar:
1.) So konnte sie die Feuersbrunst in meinem Gesicht nicht sehen. Im selben Augenblick, als sie wegging, spürte ich, wie mein Gesicht zu flammen begann. So richtig unangenehm. Es brannte echt höllisch. Bestimmt leuchtete ich wie eine Coca-Cola-Leuchtreklame.
2.) Auf diese Art hatte ich Gelegenheit, ihren Popo zu bewundern.
Manche von euch werden mich jetzt wohl etwas peinlich finden, nicht wahr?
„Popo“, schnaubt ihr verächtlich und windet euch vor Unbehagen. „Popo, das sagt man doch von Babys!“
Ich nicht.
Du lieber Himmel! Jetzt benehmt euch doch mal wie Erwachsene! POPO ist ein sehr schönes Wort, möchte ich betonen, und ein Popo ist ein Popo. Wenn es ein schöner Popo ist, heißt er nicht Hintern oder Arsch. Und hier handelte es sich um einen schönen Popo. Das hier war ein SEHR SCHÖNER POPO.
Habt ihr euch auch über diese Bemerkung gerade eben geärgert? Ich meine: „Du lieber Himmel! Benehmt euch doch mal wie Erwachsene!“ Ja, habt ihr euch geärgert? Versteh ich gut. Ich kann mir nichts Gräßlicheres vorstellen, als wenn meine Alte, mein Alter, irgendein Pauker oder sonst einer der Verwachsenen sagt:
„Benimm dich doch mal wie ein Erwachsener!“
Einmal ist mir doch tatsächlich eine echt gute Antwort eingefallen. „Benimm dich doch endlich mal wie ein Erwachsener!“ schrie mich eine sauertöpfische Spinatwachtel von Lehrerin an.
„Dann würden Sie aber sehr traurig werden“, antwortete ich sanft.
Ihr hättet sehen sollen, wie die ausgerastet ist. Mann, ich

dachte schon, die Tante sei reif fürs Krematorium und wir müßten den Krankenwagen kommen lassen.
Also, die Antwort müßt ihr euch merken. Mit der richtigen Lässigkeit und leicht schleppendem Tonfall vorgetragen, wird sie den Zoff um mindestens achthundert Dezibel steigern, das kann ich euch garantieren.
Nun.
Ich war wie gesagt sehr froh, daß sie vor mir ging, sie hatte nämlich den schönsten Popo, den ich je gesehen hatte.
Sie trug ein Paar verwaschene Levis-Jeans, die wie angegossen saßen. Dazu eine abgewetzte Wildlederjacke, die aus einem Secondhand-Laden stammen mochte.
Sie sah wie die perfekte Jeansreklame aus. Es fehlte nur noch eine richtig geile Hintergrundmusik. Sie hätte genausogut ein Werbefoto auf einer Litfaßsäule sein können. Aber das war sie nicht. O nein! Sie war ganz echt. The Real Thing.
Sie ging vor mir her. Mit einem schaukelnden Gang, mit graziösen, kleinen Schritten, die natürlich und rhythmisch ineinander flossen und zu Musik wurden. Sie ging, so wie Mannequins und Schauspielerinnen immer zu gehen versuchen, und ihnen äußerst selten gelingt.
Ich folgte ihr wie in Trance. Eine glühend rote Leuchtreklame, die von der Welt ringsum nichts mehr wahrnahm – das war ich. Oben im Schädel herrschte immer noch Kurzschluß. Ihr
„Oh“
kreiste mir immer noch wie wild zwischen den Ohren.
Sie rannte fast die lange Steintreppe hinauf – was verständlich war, denn wenn ihr Unterricht zur selben Zeit anfing wie meiner, war sie ebenfalls zweiundzwanzig Minuten zu spät dran.
Ich konnte mich nicht erinnern, sie schon einmal in der Schule gesehen zu haben. Natürlich hatte ich noch nicht jeden einzelnen Schüler des ganzen Musikgymnasiums angeschaut. Aber es wäre schon komisch, wenn ich aus-

gerechnet sie verpaßt haben sollte. Möglicherweise ging sie in das Gymnasium am anderen Ende des Schulgebäudes. Dort befand sich ein zweiter Eingang – die hintere Hälfte des großen Steinkastens beherbergte ein ganz „normales“ Gymnasium.
Sie zog das Tor auf und verschwand hinein. Ich stürzte hinterher. Ich riß das Tor nicht sofort auf, sondern spähte erst durch die Glasscheibe hinein und konnte sie so gerade noch links um eine Ecke in der Eingangshalle verschwinden sehen. Demnach war es so, wie ich vermutet hatte – sie besuchte das gegenüberliegende Gymnasium und benutzte normalerweise den anderen Eingang.
Ich folgte ihr.
Ich hatte keine andere Wahl.
Ich war verloren, wie man zu sagen pflegt. Eigentlich war ich ja alles andere als verloren – ich war eher voll und ganz gewonnen.
Durch einen Flur nach dem anderen schlich ich hinter dem phantastischen Popo her. Allzu nah traute ich mich nicht heran, es wäre peinlich gewesen, wenn sie entdeckt hätte, daß sie verfolgt wurde. Um das zu verhindern, mußte ich jedesmal ganze Korridorlängen spurten. Kaum war sie am Ende eines Korridors um die Ecke gebogen, legte ich mit einem Affenzahn los. Dabei versuchte ich, so leise wie möglich zu rennen, und das ist gar nicht so einfach.
Schließlich kam sie in der großen Eingangshalle am anderen Ende an, und da wurde es schwieriger.
Sie rannte die Treppe hinauf.
Ich stürzte vor und lief hinter ihr her, benutzte dabei aber die andere Treppenseite, wenn ihr versteht, was ich meine. So konnte sie mich wenigstens nicht entdecken, falls sie auf dem Treppenabsatz zufällig runterschaute. Außerdem versuchte ich, genau in ihrem Takt zu rennen, um zu vermeiden, daß sie das Geräusch meiner Schritte entdeckte.
Und sie entdeckte mich tatsächlich nicht.

Im zweiten Stock, nach insgesamt vier Treppen, bog sie in einen Korridor.
Ich natürlich hinterher, kaum daß ihr Popo um die Ecke verschwunden war.
Eine Beinahkatastrophe! Ich mußte eine Vollbremsung machen.
Sie war direkt am Anfang des Korridors stehengeblieben, um die Tür zu einem Klassenzimmer aufzumachen.
Zum Glück hatte sie die Tür schon ein Stück weit geöffnet, als ich dämlicher Trottel angekeucht kam. Die Tür ging nach außen auf, also in meine Richtung, und so kam es, daß das Mädchen mit dem Popo mich nicht sah.
Ich bremste subito, subito und begann, rückwärts zu rennen – das ist eine Bremsvariante, die man manchmal in alten Filmklamotten sehen kann.
Es klappte.
Die Tür vor mir wurde geschlossen.
Ich schlich sofort hin. Wie ein aufgeregter Weihnachtswichtel trippelte ich auf Zehenspitzen näher. An der Tür angelangt, preßte ich mein Ohr an das kalte Holz und LAUSCHTE.
„Oh, bitte entschuldigen Sie, daß ich mich so verspätet habe",
hörte ich sie im Zimmer sagen. Sie klang atemlos, und ganz so atemlos war sie natürlich nicht. Das war Show. Und zwar eine überzeugende.
„Ist schon gut, Kim, wir haben sowieso noch kaum angefangen... Und das liegt daran, daß Peter darauf besteht, herumzualbern."
Es war deutlich zu hören, daß es ein *Lehrer* war, der dies äußerte.
Kim?
Kim?
dachte ich.
Kim?
Kann sie Kim heißen?
Ist das vielleicht ein Kosename?

Kim?
Na ja, klar, warum sollte sie denn nicht einfach Kim heißen können? Kim Wilde heißt doch Kim, und in den fünfziger Jahren gab's doch auch eine Leinwandblondine, die Kim hieß? Kim Kanu? Oder wie war das? Kim Novacol? Kim Novak. Ja, genau. Die hab ich doch in einem alten Hitchcockstreifen mit James Stewart gesehen. Vielleicht haben Kims Eltern ihre Tochter nach Kim Novak benannt? Vielleicht ist ihr Vater total auf Kim Novak abgefahren? Aber halt mal, da gibt es doch irgend so einen dänischen Popfritzen, der auch Kim heißt? Kim Karlsson? Nein, Kim Larsen. Und der ist ja ein Mann. Sehr komischer Name – paßt offensichtlich für sowohl als auch. Äußerst verwirrend.
Eine Zigarette, die Kim heißt, gibt es auch. Eine deutsche Marke, glaube ich. Schmeckt zum Kotzen.
Ich nahm mein Ohr von der Tür und schlich auf Zehenspitzen davon.
Kim, dachte ich. Kim Kim.
Kimkim. Komm Kim, Kim komm, komm, Kim, komm, kommkimkomm.
Nuts, stellte ich fest, jetzt ist es tatsächlich soweit, jetzt bist du total ausgetickt – echt nutty like a fruitcake. Ha, a real fruitcake!
Ganz und gar nicht, erwiderte ich energisch, ganz und gar nicht. Tatsache ist nur, daß es absolute Tatsache ist – dies ist sie: DIES IST SIE! Sie, die ich an einem Frühsommermorgen anrufen werde, um ihr zuzuflüstern:
„True love leaves no traces, if you and I are one."
So einfach ist das.
Sie ist die Mädchenfrau. Das Frauenmädchen. Das Kimmädchen. Die Kimfrau.
„Fruitcake",
entschied das Gehirn, das seine elektrischen Systeme allmählich wieder zusammenzuschalten begann.
Ich tastete mich durch die dichten Nebelschwaden.
Kim...

14

Ich werde nicht versuchen zu beschreiben, wie Kim aussah.
Das hat keinen Sinn. Es würde mir einfach nicht gelingen, ganz gleich, wie sehr ich mich anstrengen würde. Obwohl ich ein so extrem begabtes Talent bin und als neue Sonne am Himmel der Literatur aufgehen werde, ist es doch vollkommen sinnlos, Kims Aussehen beschreiben zu wollen. Und die Tatsache, daß ich das einsehe, ist genau das, was mich zu einem so glänzenden Schriftsteller macht.
Sämtliche anderen halbgaren Amateure würden sich sofort ans Werk machen und Kim in möglichst treffenden, schlagenden und poetischen Wendungen zu beschreiben versuchen. Und sie würden sich natürlich unsterblich blamieren – das tun sie ja sowieso die ganze Zeit.
„Ihre gerade Nase hatte einen energischen, aber dennoch weichen Schwung."
Bitte, da hört ihr's selbst.
„Ihre luftigen kastanienbraunen Haare wogten wie ein Wasserfall über ihre Schultern und ergossen sich über ihren schlanken Rücken, und ..."
Nun ja.
Und dann, dann würden diese Blödmänner anfangen, von Kims Augen zu sprechen. O ja, und das wäre dann ein echtes Trauerspiel. Vor Erregung würden sie außer sich geraten und so hirnrissige Vergleiche und so unbegreifliche Dummheiten schreiben, daß einem gleich das Mittagessen hochkäme.
Ich werde nicht einmal verraten, ob sie lange oder kurze Haare hatte, ob sie groß oder klein war, ob sie einen kleinen oder großen Busen hatte.
Nein.

Ich werde nur eines sagen:
Sie war das Schönste, was ich je gesehen hatte.
Sie war so schön, daß mir ganz heiß wurde vor Glück und ganz kalt vor Geilheit.
Sie nur zu sehen, war beinahe too much.
Ich wagte es ganz einfach nicht, in der Schule zu bleiben. Ja, tatsächlich. Ich würde es nicht schaffen, im Unterricht still zu sitzen, ich würde es nicht ertragen, in den Pausen mit den anderen im Hof herumzustehen, und ich würde unter keinen Umständen Roffe erklären können, was mit mir los sei.
Also floh ich lieber. Ich rannte durch die Korridore zurück. Wie ein Irrer, ohne in den Kurven abzubremsen, in einem Wahnsinnstempo. Mehrmals wäre ich fast hingefallen.
Ich stolperte die Treppen runter, hechtete über den Schulhof und schloß mein Fahrrad auf.
Dann blieb mein Blick an ihrem Fahrrad hängen.
An Kims Fahrrad.
Es war ein ziemlich verdrecktes altes Fahrrad. Ursprünglich war es wohl hellblau gewesen, aber jetzt sah es eher dunkelgraublau aus. Der Sattel war vor Urzeiten einmal weiß gewesen, inzwischen war er schmutzig grau und sehr abgewetzt.
Es war ein Fahrrad, mit dem viel gefahren worden war, und ich überlegte, ob Kim oft Fahrrad fuhr oder ob sie das Fahrrad vielleicht geerbt oder gebraucht gekauft hatte.
Ich starrte es lange an. Gelähmt und bewegungsunfähig stand ich da, den Blick an die blanke glänzende Oberfläche des Sattels geheftet.
Schließlich schaffte ich es, die wenigen Schritte zum Fahrrad zurückzulegen. Dort angekommen, legte ich die Hand auf den Sattel. Der Sattel war immer noch nicht ganz abgekühlt, sondern wärmte meine Handfläche. Ihre Wärme. Die Wärme ihres Popos.
Ich sah mich unruhig um. Mensch, wenn mich jetzt je-

mand sah! Wenn Roffe in diesem Augenblick aus dem Klassenzimmerfenster schaute und mich so dastehen sah, mit der einen Hand auf dem Sattel eines Mädchenfahrrads, den Blick verzückt in den Himmel gerichtet!
„Fruitcake“, entschied das Gehirn ein weiteres Mal, „du bist ein absoluter Fruitcake!“
Ich zog die Hand an mich.
Dann machte ich etwas viel Schlimmeres, ich wage es kaum zu erzählen. Ich versuchte wirklich, es bleiben zu lassen, doch das war unmöglich – es war, als wäre ich GEZWUNGEN, es zu tun, als würde ich von fremden Mächten gelenkt.
Ich bückte mich und legte die Wange auf den Sattel.
Kims zurückgelassene Wärme drang mir in die Haut. Meine Wange absorbierte die Wärme, speicherte sie, hegte sie voller Zärtlichkeit.
Ich riß mich los und warf mich auf meinen Drahtesel, strampelte wie ein Besessener davon und stellte eine erhebliche Verkehrsgefahr dar. Nach ein paar Straßenkreuzungen und ebenso vielen lebensgefährlichen Vollbremsungen sah ich ein, daß ich vielleicht etwas vorsichtiger fahren sollte. Es wäre verdammt idiotisch, jetzt ein völlig unnötiges Verkehrsopfer zu werden. Vor dem Tod hatte ich zwar keine Angst – aber alles würde ja unnötig kompliziert werden, wenn ich mir zum Beispiel das Bein bräche oder so. Dafür hatte ich keine Zeit, das würde mein Leben hoffnungslos durcheinander bringen.
Was macht man in so einer Situation? Was macht man, wenn man einsieht, daß es ernst ist? This is it, dachte ich, this is really it.
Das dümmste, was man tun kann, ist, mit sich selbst zu diskutieren. Der Versuch, sich selbst davon zu überzeugen, daß man eine matschige Birne hat, daß man voreilig ist, daß man ausgeflippt ist und weder für Gedanken noch Taten verantwortlich, ist von vornherein zum Scheitern verurteilt. Das ist nur ein Versuch, sich selbst zu entmündigen.

(Habt ihr euch eigentlich schon gewundert, wo das dreizehnte Kapitel abgeblieben ist? Das ist ausgefallen. Es wurde nicht gut, es wußte nicht genau, was es eigentlich sagen wollte. Und schließlich dachte ich, vielleicht ist es besser, das dreizehnte Kapitel zu überspringen – man kann nie wissen...)

Voller Angst und Verzagtheit radelte ich runter zu Strandvägen, bog rechts ab und glitt am Dramatischen Theater vorbei. Ich stellte das Fahrrad ab, ging ins Café Madeleine und rauchte eine Zigarette nach der anderen.

Ein paar langhaarige Typen in blauen Antons, die von einer benachbarten Baustelle kamen, unterhielten sich lautstark über Wochenenden, Miezen und Jobs.

„Mensch, haste gesehn, was die für Ballons hatte?" sagte einer von ihnen und grinste mit bärtiger Visage.

Ballons, dachte ich, Ballons, was denn für Ballons? Hat sie Ballons verkauft? Bis mir aufging, was sie meinten. Das dürfte als Beweis für meine Verwirrung genügen.

Kim, dachte ich. Im Schulkatalog muß sie zu finden sein. Bestimmt gibt es nicht allzu viele in der Schule, die Kim heißen, und übrigens muß sie auf irgendeinem Klassenfoto drauf sein – wenn sie nicht genau wie ich erst in diesem Schuljahr angefangen hat, dann taucht sie aber spätestens im nächsten Katalog auf, und der erscheint bald. Wie auch immer: ihren Nachnamen, ihre Adresse und Telefonnummer herauszufinden, das stellt kein Problem dar.

Wie alt mag sie wohl sein. Wahrscheinlich ist sie älter als ich, dachte ich, vielleicht ein, zwei Jahre.

Und wenn sie einen festen Freund hat? fragte ich dann.

Ist mir doch scheißegal, antwortete ich mir selbst.

Aber was ist, wenn sie richtig verliebt ist? beharrte ich.

So what? fauchte ich als Antwort, sie hat mich noch nicht kennengelernt.

Der Kaffee war viel zu heiß, und ich verbrannte mir die

Zungenspitze, als ich mich gierig daraufstürzte. Prustend sprühte ich alles wieder auf den Aschenbecher und die Tischdecke.
Die Blaumänner unterbrachen ihr Palaver und glotzten mich an.
„Come on, make my day“, knurrte ich und starrte sie mit coolem Clint Ostwald-Blick an.
Nein, stimmt nicht. Ehrlich gesagt wurde ich rot. Ich errötete und wich ihren dämlich grinsenden Blicken aus. Statt dessen stand ich rasch auf und holte mir ein paar Servietten.
Wenn man sich blamiert hat und spürt, daß das Gesicht zu lodern anfängt, ist es ein guter Trick, rasch für Bewegung zu sorgen. Sofort aufstehen und irgend etwas tun, egal was, das hilft tatsächlich. Komischerweise, denn es führt ja eigentlich dazu, daß man noch mehr angestarrt wird. Aber es funktioniert echt gut.
Diesmal auch.
Die langhaarigen Blaumänner legten eine Prise Kautabak ein und standen auf. Zollstöcke, Hämmer und Schraubenzieher klapperten und rasselten in ihren Overalls, als sie im Gänsemarsch die Treppe hinunter verschwanden.
Ich sah mich selbst im Spiegel an, der an der gegenüberliegenden Wand hing.
Und dann grinste ich.
Breit und hingerissen.
„Kim“, sagte ich und zwar laut.

15

Am Abend nahm ich mir den Schulkatalog vor. Sämtliche Schüler des letzten Schuljahres waren dort in Text und Bild vertreten.

Die Klassen aus dem Musikgymnasium überblätterte ich, dort würde sie offensichtlich nicht zu finden sein.

Dann las ich jede einzelne Zeile durch. Ich fing von vorne an.

Nach achtunddreißig Seiten hatte ich Erfolg.

Kim Sandell.

Adresse, Telefonnummer, Personennummer und Klasse.

Sie war älter als ich. Genau wie ich gedacht hatte. Sie war zwei Jahre älter. Sie ging in die letzte Klasse und war demnach eigentlich ein Jahr zu alt. Entweder sie hatte wiederholt oder sie hatte ein Jahr ausgesetzt – wie sollte ich das wissen? Doch das gedachte ich mit der Zeit herauszufinden, das bekümmerte mich also nicht im geringsten.

Ich blätterte weiter zu ihrem Klassenfoto.

Alle sechsundzwanzig Schüler waren in starkem Sonnenlicht auf der Treppe aufgebaut. Kim war kaum zu sehen. Ich mußte die ganze Klasse zweimal durchsuchen, bis ich sie gefunden hatte. Sie stand in der zweiten Reihe ganz außen rechts. Neben ihr stand ein langer Lulatsch (ungefähr meine Größe) und machte sich breit. Er bleckte feixend die Zähne und starrte direkt in die Kamera. Kim dagegen schaute weg vom Bild, als hätte sie in weiter Ferne etwas entdeckt.

Was sie wohl gesehen hatte?

Ihren Macker, sagte eine sarkastische Stimme.

Quatsch! fauchte ich.

Nein, ich glaube, es war so: Kim sah plötzlich einen

Krankenwagen, der hinten beim griechischen Restaurant um die Ecke bog. Die eingeschaltete Sirene schrillte zwischen den Hauswänden. Der Wagen heulte am Schulhof vorbei. Und während des Bruchteils einer Sekunde überlegte Kim, was passiert sein mochte und ob sie denjenigen, dem möglicherweise etwas passiert war, wohl kannte.

Dann vergaß sie den Krankenwagen und wandte den Blick wieder der Kamera zu, doch da hatte der Verschluß ihren abgewandten Blick bereits in die Kamera gesperrt.

Kim Sandell.

Die Adresse sagte mir nichts.

Ich ging in den Flur und holte das Telefonbuch. Ganz hinten fand ich das Straßenverzeichnis und suchte dort den Namen der Straße auf. In der rechten Spalte stand 8 C 2. Nachdem ich die betreffende Karte aufgeschlagen hatte, mußte der Zeigefinger noch eine Zeitlang hin und her und im Kreis umherirren, bis er richtig angelangt war.

Aha.

Da wohnt sie also. Da wohnt Kim Sandell.

Ich hatte keinen Schimmer, was das für eine Gegend war. Sie hieß Ellagård und lag in der Nähe von Täby.

Einfamilienhaus, dachte ich, oder möglicherweise Reihenhaus?

„Wann möchtest du essen?"

rief Tante Agnes aus der Küche.

„Ist egal!"

rief ich zurück.

„In einer Stunde?"

„Wunderbar!"

Ich ging in mein Zimmer und machte die Tür zu. Aus dem Radio kam ein total behämmerter Song von irgendeiner schwedischen Gruppe. Gibt es was Schlimmeres als schwedische Rockgruppen?

Ich schaltete den Kasten ab und setzte mich aufs Bett.

In der Küche klapperte Tante Agnes mit ihren Küchenutensilien. Von Karlavägen drang schwaches Verkehrsbrausen herauf. Draußen überquerte jemand den kleinen Hinterhof. Eine Stimme lachte, und ein Hund stieß ein fröhliches Gebell aus.
Ich sah den Schulkatalog an, der direkt unter der Lampe auf dem Tisch aufgeschlagen lag. Das Licht strömte auf die weiße Seite mit den schwarzen Textzeilen herab.
Mitten auf der Seite schien eine Zeile plötzlich mit roter Leuchtschrift geschrieben zu sein. Sie pulsierte und flakkerte, sie verströmte Gesang. Sie traf jeden Ton perfekt und sang hinreißend. Kim Sandell. Die Textzeile lebte, und ihr Haar flatterte im frischen Wind. Kim Sandell. Die Zeile ging mit raschen Schritten direkt vor mir her. Die Druckerschwärze hatte den schönsten Popo, den ich je gesehen hatte.
Kim.
Die Telefonnummer in der dritten Spalte hob eine Ziffer nach der anderen hoch, wie sieben Schiedsrichter bei der Eislauf-WM. Die Tafeln mit den Zahlen leuchteten blendend hell.
7, damit fing es an. Seven. The Seven Seas. Bring her to me. Wind in den Segeln, Wind in den Haaren, linde Winde. Dann kam die 5. Five. I'm glad to be alive. Acht. Eight. 8. Eight days a week. How I need your love, babe, eight days a week.
758.
Und noch vier weitere Ziffern – aber die werd ich nicht verraten.
Ich schüttelte den Kopf.
Irgendwas mußte ich unternehmen. Sonst würde ich einfach hier sitzenbleiben und dahinsiechen.
Genau in diesem Augenblick läutete draußen im Flur das Telefon. Ich hörte, wie Tante Agnes etwas hinlegte, ans Telefon ging und antwortete.
Ich hörte nicht, was sie sagte, aber gleich darauf klopfte sie an meine Tür.

„Herein", sagte ich lahm.
Sie öffnete, streckte den Kopf herein und fand mich sofort mit dem Blick, als WÜSSTE sie, daß ich in der hintersten Bettecke an der Wand kauern würde.
„Für dich", sagte sie.
„Für mich?" fragte ich erstaunt und stand auf.
„Wer ist es?" fragte ich dann.
„Keine Ahnung", sagte sie und kehrte in die Küche zurück.
„Hallo", sagte eine Stimme am anderen Ende der Leitung, „ich bin's."
„Wer – ich?"
fragte ich sauertöpfisch, ich hatte die Stimme nämlich nicht erkannt. Gleichzeitig dachte ich, ja, genau so dämlich ist man selbst auch manchmal, wenn man jemand anruft. „Ich bin's", sagt man, und das ist ja echt wahnsinnig informativ.
„Roffe", sagte die Stimme.
„Ach so", antwortete ich überrumpelt. „Hallo."
„Salute! Wo zum Teufel hast du heute gesteckt, ich hab mir schon Sorgen gemacht."
„Äh, na ja, also, ich hab nur mal eben blau gemacht."
„Why?"
„Kein besonderer Anlaß, ich hatte einfach Lust dazu."
„Aber ich hab doch gesehen, wie du kamst", sagte Roffe.
Der Schweiß brach mir aus jeder einzelnen Pore. Hat er mich etwas gesehen? pochte es in den Schläfen. Hat er mich etwa GESEHEN?!
Hab ich's nicht gleich gesagt, flocht das Gehirn ein.
„Hast du mich gesehen?" fragte ich dümmlich.
„Klar, heute morgen. Du bist auf Karlavägen an mir vorbeigefahren – aber in die verkehrte Richtung. Ich hab geschrien und gewinkt, aber du hast nichts gemerkt. Bestimmt trainiert er gerade, hab ich mir gesagt, unten beim Humlegården macht er eine Wende und kommt wieder zurück – aber wer nicht kam, das warst du!"

„Ja, nein, stimmt genau“,
lallte ich, leicht berauscht vor Glück, daß er mich nur in diesem Augenblick und nicht später gesehen hatte.
Komisch, daß er anruft, dachte ich dann. Zum erstenmal. Dann überlegte ich, ob ich das gut finden sollte oder nicht. Von mir aus, okay, dachte ich.
„Du Faulpelz“, sagte er, „kommst du morgen, oder feierst du morgen auch?“
„Nein, morgen komme ich.“
„Gut“, sagte er. „Du?“
„Ja?“
„Darf man an deinem Text was ändern?“
„Ja, klar darf man das.“
„Ich meine nur, bist du dann nicht gekränkt?“
„Kein bißchen“, sagte ich gekränkt.
„Hab ich mir gleich gedacht“, lachte er. „Nein, aber im Ernst, das mit ‚sitting in the kitchen, searching for a new religion‘ würd ich ganz gern weglassen.“
„Das sind doch die besten Zeilen im ganzen Text!“
„Nein, find ich nicht. Die klingen so bemüht – irgendwie übertrieben. Wenn man sie streicht, rückt der Schluß in die Mitte und wird zu einer Art Refrain im Refrain. Ich glaub, dann wird's echt stark!“
„Du mußt versuchen, mich zu überzeugen.“
„Werd ich. Ich wollte nur, daß du es schon im voraus weißt.“
„Thank you very much. Wie weit bist du denn mit der Musik?“
„Hm, ja, kann man nicht so leicht sagen, es dauert noch 'ne Weile, aber hang on.“
„Okay.“
„Okay. Bis morgen. Ciao.“
„Bye, bye“,
sagte ich, dann legten wir beide auf.
Anschließend ging ich in die Küche und half Tante Agnes beim Kochen.
Um ehrlich zu sein, bin ich kein übler Koch. Das hättet

ihr nicht gedacht, was! Aber es stimmt. Tante Agnes war genauso erstaunt wie ihr. Aber nachdem sie es einmal gespannt hatte, beschloß sie, mir noch mehr beizubringen. Plötzlich tauchten bei uns die anspruchsvollsten Gerichte auf dem Tisch auf. Und ich lernte erstaunlich viel, vor allem vielleicht deshalb, weil Tante Agnes es so geschickt anstellte. Das heißt, sie rief mich nicht jedesmal in die Küche, um mir Vorträge zu halten, nein. Wenn ich Lust hatte, kam ich einfach in die Küche, und dann kochten wir zusammen und unterhielten uns darüber.

Koch, dachte ich dann manchmal. Vielleicht sollte ich Koch werden.

Anstatt Schriftsteller. Vielleicht wäre das was? Ein richtiger superberühmter Meisterkoch. Wär vielleicht gar nicht so schlecht. Irgendwo in der Nähe von Nizza oder Ostende ein Restaurant haben. Nicht allzu groß, höchstens acht bis zehn Tische, aber dafür umso exklusiver. In der Küche stehen und gastronomische Hits schaffen, delikate Kunstwerke, die direkt in die Geschichte der Kochkunst eingehen.

Aber womöglich ist das nur eine einzige anstrengende Maloche? Jeden Morgen um vier oder fünf aufstehen, um in den Markthallen und auf den Großmärkten die erlesensten und perfektesten frischen Waren zu ergattern. Zumindest im ersten Halbjahr, bevor man entdeckt wird und mit acht Sternen im Guide Michelin ausgezeichnet wird. Danach kann man sich ja Assistenten zulegen und braucht selbst nicht mehr so viel zu tun. Man läuft durchs Lokal, steckt die Nase in die Kochtöpfe, schmeckt die Soßen ab und testet die Weine.

Bei dieser Art von Arbeit muß man ja unweigerlich dick werden, und das finde ich weniger erstrebenswert. Noch ein paar Jährchen werd ich wohl beliebig viel spachteln können, ohne daß es Folgen hat, aber dann muß man sich wahrscheinlich vorsehen, damit man nicht schließlich aussieht wie mein Alter – das wäre ja die reinste Katastrophe.

Nein, lieber doch nicht Koch.
Tante Agnes wollte gerade anfangen, einen Lammeintopf zu kochen, zu dem Kartoffeln, Zitrone, Zwiebeln, Weißwein und Artischocken gehörten.
„Du kannst schon mal das Fleisch vorbereiten", sagte sie und fuhr fort, die Kartoffeln zu schälen.
Ich wickelte die Lammrückenteile aus dem Papier, holte das größte Fleischermesser aus der Schublade, schnitt damit das Fleisch von den Knochen, zerteilte das Fleisch in kleine Stücke und häufte es schließlich auf dem Schneidebrett auf.
„Soll ich es anbraten?" fragte ich.
Sie nickte.
„Ich hab die Butter schon rausgestellt", sagte sie und zeigte mit dem Kartoffelschäler hinüber.
Ich schaltete die große Herdplatte an und holte die schwere Bratpfanne unten aus dem Backofen hervor.
Während ich das tat, dachte ich: Vielleicht doch Koch? Eines steht fest, Kochen ist eine Art Kunst. Genau wie eine besondere Straße in der Stadt oder wie eine schöne Mädchenfrau kann einen die Kochkunst dazu bringen, irgendwie ABZUHEBEN, wenn ihr versteht, was ich meine. Irgendwas *durchströmt* dann den ganzen Körper, fragt mich nicht, was, aber es durchspült sämtliche Poren und Adern, fließt durch den Schwanz, durch die Beine, das Herz und das Gehirn. Ich glaube, es ist eine Art von Glück.
Das Glück kommt und das Glück geht, wie es so schön heißt.
Alles kalter Kaffee.
Ich glaube nämlich, man kann das Glück beeinflussen, damit es kommt. Um das zu schaffen, muß man natürlich hart arbeiten, und es dauert bestimmt sehr lange, bis man diese Kunst ganz beherrscht. Aber ich bin davon überzeugt, daß es möglich ist – und eigentlich ist es genau das, was ich lernen will: das Glück anlocken.
Der Irrtum besteht darin, daß die meisten Leute zu glau-

ben scheinen, man sei entweder glücklich oder man sei es nicht. Total verkehrt. Ich glaube, man trägt immer die ganze Skala von der Abgrundsdepression bis hin zum Glücksschlag in sich – die ganze Zeit. Und daher muß es doch möglich sein, selbst dann mit dem oberen Teil der Skala in Kontakt zu treten, wenn man sich ganz tief unten befindet. Genau das muß man lernen! Das heißt natürlich nicht, daß man sich selbst was vormachen soll, nein, überhaupt nicht, darum geht es nicht. Und ich glaube auch nicht, daß man die ganze Zeit mit einem breiten Idiotengrinsen herumlaufen wird, nachdem man das endlich gelernt hat – ganz und gar nicht. Vielleicht eher im Gegenteil, ich glaube nämlich, daß es mitunter noch anstrengender werden kann, wenn man erstmal soweit gekommen ist.
Gebt es ruhig zu, jetzt bin ich wohl doch um einiges zu kompliziert geworden für euch, was?
Ich nahm also den Bratenwender, schnitt ein Stück Butter ab und ließ es in die Bratpfanne gleiten.
Dann holte ich die Knoblauchpresse und brach eine Knoblauchzehe ab, die ich in die farblos werdende Butter preßte.
Plötzlich stellte ich fest, daß ich einen Wahnsinnskohldampf hatte.
Ich schraubte den Deckel der Tabascoflasche ab und schüttelte zwei Spritzer in die Pfanne. Erst zischte es, und dann stieg ein liebliches Aroma hoch und drang mir durch die Nase ins Duftzentrum hinauf.
Kim, I'm so hungry.

16

Was macht man in so einer Situation?
Nun …
Eigentlich – und damit meine ich ein monumentales, flammendes EIGENTLICH – war es ja ziemlich einfach.
Ich brauchte nur den Telefonhörer abzunehmen, die schwarzen viereckigen Knöpfe in der richtigen Reihenfolge zu drücken und dann darauf zu warten, daß sie antwortete.
Very simple, n'est-ce pas?
Wie ihre Stimme wohl im Telefon klingt?
LÄUT, LÄUT!!
Klick.
„Ja, hier ist Kim…"
„Hallo, XXX XXXXXXXX ist mein Name. True love leaves no traces, if you and I are one. It's lost in our embraces, like stars against the sun."
Umwerfend einfach, oder?
LÄUT, läut!!
Klick.
„Ja? Hier ist Kim Sandell."
„Öh…"
„Hallo????"
„Oh, ja, hm, also: Hallo. Ich bin der Typ, der dich heute morgen so erschreckt hat, daß du deinen Fahrradschlüssel hast fallen lassen."
Nicht wahr?
SUPEReinfach. Sure…
Ich wagte den Gedanken nicht mal richtig zu Ende zu denken. Was würde sie sagen? Was würde sie glauben? Und was wollte ich selbst eigentlich sagen? Und:
Wie zum Henker klinge ich selbst am Telefon?
Nach dem erlesenen Agnello al Sugi di Limone – so heißt

das Lammgericht, und for your information kann ich mitteilen, daß das Italienisch ist – war ich sehr satt und ungeheuer zufrieden.
Ich hockte mich aufs Bett, in die hinterste Ecke, und stellte einen von Bertils Reklameaschenbechern neben mich.
Ich steckte mir eine Gauloise an.
Ich starrte an die Decke.
Die Gedanken kamen und gingen ganz nach Belieben – wie Leute, die in ein Kaufhaus rein- und rausliefen. Ein Teil der Gedanken war verständlich – die fuhren direkt in eine bestimmte Abteilung hinauf, marschierten mit zielbewußten Schritten zum Verkaufstisch und sagten sofort, was sie haben wollten. Ein Teil von ihnen war jedoch so schüchtern, daß sie nur kleine Zettelchen vorzeigen konnten, auf die sie ihre Wünsche deutlich aufgeschrieben hatten.
Andere irrten nur hin und her, fuhren auf den Rolltreppen auf und ab, befingerten alles, was sie sahen, um es gleich wieder zurück zu legen, und gingen dann wieder, ohne etwas gekauft zu haben.
Wiederum andere sahen verdächtig aus: sie schlichen herein und glitten lautlos zwischen den einzelnen Verkaufsständen umher. Ganz recht, das waren die Kleptomanen: unversehens streckten sie rasch eine Hand aus, schnappten sich irgendwas und ließen es dann rasch in geräumigen, extra angefertigten Innentaschen verschwinden. Anschließend machten sie sich aus dem Staub.
Ich werde sie anrufen, dachte ich, klar rufe ich sie an. Jetzt sofort.
AUSGEZEICHNET, stimmte ich mir selbst mit begeisterter Stimme zu, ruf sie an, ruf sie ruhig an. Tu das. Jetzt gleich!
Aber wenn sie nicht daheim ist, was dann?
Rufst du wieder an, Stupido. Das Telefon wird nicht explodieren, nachdem du diese Nummer angerufen hast, auch wenn du das jetzt glaubst.

Aber was soll ich sagen, wenn ihr Vater oder ihre Mutter am Apparat ist?
Warum versuchst du's nicht mit:
„Guten Tag, ist Kim da?"
„Nein", antwortet dann eine sauertöpfische, stoppelbärtige Männerstimme, „Kim kommt erst in einer Stunde oder so. Kann ich etwas ausrichten?"
„Ja, äh, also..."
Ha, nie im Leben würde ich es wagen, dort anzurufen. Wenigstens nicht jetzt.
Null Chance.
Ich zerdrückte den Zigarettenstummel und setzte mich auf die Bettkante.
Ich schreib ihr einen Brief, dachte ich. Eine Superidee! Das müßte für einen zukünftigen Nobelpreisträger wie mich doch ein Kinderspiel sein.
Ja, natürlich, selbstverständlich – warum bin ich nicht gleich darauf gekommen?
Ich werde ihr einen langen hypnotisierenden Brief schreiben, in dem ich alles erkläre: wie schön sie ist, wie sehr ich sie lieben werde, wer ich bin, und warum es mich gibt, und wie sehr sie mich lieben wird. In eleganten Formulierungen schildere ich, warum die Welt so beschissen aussieht, wie sie es zur Zeit tut, warum alles zum Teufel gegangen ist, und wie einfach es ist, alles wieder in Ordnung zu bringen, eine Aufgabe, der wir beide uns gemeinsam widmen werden. Dann erkläre ich, daß ich will make her happy every goddamn day of her life. In einem kurzen PS füge ich hinzu, welche Telefonnummer sie sofort anrufen soll, nachdem sie diesen Brief gelesen hat.
Dann läuft alles wie geschmiert. Sie sieht natürlich ein, daß wir ganz einfach are made for each other und ruft umgehend an.
„Hallo, hier ist Kim, vielen Dank für den Brief. Ich hab ihn gerade gelesen..."
Ja, ja... Ich und einen Brief schreiben, denkste. Ich saß auf meiner Bettkante und rührte keinen Finger, nicht ein

einziger kleiner Muskel bekam eine Chance zum Training. Ganz schlagartig ging mir auf, daß ich eine perfekte Zielscheibe für einen Heckenschützen abgeben mußte. Er konnte in aller Ruhe in irgendeinem Fenster im Haus gegenüber sein Zielfernrohr auf mich richten und scharf einstellen.

Ohne den Kopf zu bewegen, schielte ich hinaus.

Die Dunkelheit hatte ihre schwere Decke ausgebreitet. Die Fenster gegenüber im Hof waren erleuchtet. In einem Fensterausschnitt sah ich vier Personen an einem Küchentisch sitzen, ich sah, wie ihre Arme sich bewegten, als sie das Essen auf den Tellern kleinschnitten, und ich sah, wie sie die Gabeln an den Mund führten.

Im Fenster schräg über ihnen war es ganz dunkel – das einzige Fenster, in dem kein Licht war. Und da lauerte er natürlich – der Psychokiller Mit dem Auge am Zielfernrohr.

Ich schätzte den Einfallswinkel ab.

Meine einzige Rettung wäre, mich vor den Heizkörper unterm Fenster zu werfen, dort wäre ich geschützt.

Und genau das tat ich auch.

Mit der rechten Schulter voraus plumpste ich auf den Boden und rollte mich dann rasch an die Wand.

Ich hielt den Atem an.

Kein Schuß. Das Fenster wurde nicht zersplittert.

Alles war still und ruhig.

Ich robbte rüber zur Längswand. Dann kroch ich rasch zur Tür, wo ich kurz Luft holte. Jetzt kam der kritische Moment. Wenn ich aufstünde, wäre ich deutlich in seinem Zielfernrohr sichtbar. Er würde in aller Ruhe die Höhe richtig einstellen, bis mein Hinterkopf exakt im Schnittpunkt der zwei gekreuzten Haare landete (hier handelt es sich um ein älteres Zielfernrohr, im Jahr 1953 von August Chemin produziert, damals wurde das Visierkreuz aus zwei Haaren hergestellt, die auf die Linse geklebt wurden), und dann würde er den Abzugfinger krümmen.

Ich holte tief Luft.
Blitzschnell stand ich auf und zwar so, daß ich seitlich zum Fenster zu stehen kam – das bedeutete, daß der Schütze weniger Körperfläche hatte, auf die er zielen konnte.
Ich streckte die Hand aus und drückte den Türgriff runter. Gleichzeitig bückte ich mich, ging halb in die Hocke, riß die Tür auf und warf mich in den Flur.
I made it.
Mit heftigem Gepolter landete ich auf dem Flurteppich.
„Was um Himmels willen treibst du eigentlich??" rief Tante Agnes erschrocken aus dem Wohnzimmer.
„Äh, nichts", rief ich zurück, „ich wär nur fast hingefallen, bin auf der Schwelle gestolpert."
„Ja, sei nur vorsichtig", seufzte sie und widmete ihre Aufmerksamkeit wieder den Katastrophen der Nachrichtensendung. „Damit dir nichts passiert", fügte sie dann leise hinzu, mehr für sich selbst.
Als ich an der Türöffnung vorbeiging, sah ich flimmernde Bilder von einem brennenden Schiff, das auf der Seite lag, ringsum im Wasser trieben Menschen in Schwimmwesten, die winkten und schrien. Andere lagen ganz still im Wasser und schaukelten mitten in das Feuermeer hinein.
Ich begab mich in den Lokus und verriegelte die Tür hinter mir. Dann klappte ich den Klodeckel hoch und zog den Reißverschluß am Hosenladen auf. Eigentlich mußte ich überhaupt nicht pinkeln, aber mein Schwanz ließ sich aus purer Höflichkeit zu ein paar Tropfen herbei.
Ich riß ein Stück Toilettenpapier ab, trocknete ihn und knüllte ihn wieder in die Hose zurück.
Ich wusch mir die Hände und trocknete sie am Handtuch.
Dann holte ich tief Luft und begegnete meinem Blick im Spiegel überm Waschbecken.
„Kim", sagte ich.
Meine Stimme klang rostig wie eine alte Gießkanne.

Ich räusperte mich, schluckte ein wenig Schleim und sagte dann wieder:
„Kim! Kim Sandell."
„Was hast du gesagt??!!" fragte Tante Agnes mit lauter Stimme direkt vor der Tür.
Vor lauter Schreck rutschte ich auf dem albernen kleinen Badezimmerteppich aus und hätte fast einen akuten Blutsturz mit tödlichem Ausgang bekommen.
„Nichts, keinen Ton" antwortete ich, während ich die Tür aufschloß, sie öffnete, das Licht ausmachte und rauskam.
Tante Agnes sah mich etwas verwirrt an und lächelte schließlich.
„Na, dann wird's wohl der Fernseher gewesen sein", sagte sie und schüttelte leicht den Kopf. „Möchtest du Kaffee haben?"

Spät am Abend schwemmte ich über.
Als das Fernsehprogramm zu Ende war und Tante Agnes gute Nacht gesagt hatte, setzte ich mich an den Schreibtisch und holte den Ordner mit meinem famous Tagebuch herunter. Seit meiner Übersiedlung nach Stockholm hatte ich nicht viel geschrieben. Das war ja mehr oder weniger typisch – Tagebuch schreibt man nur, wenn überhaupt nichts passiert, und dann schreibt man umso mehr. Man setzt sich hin und kritzelt lauter Quatsch mit Soße, Seite für Seite voller Tiraden über das Leben und die Liebe, den Tod und das Universum...
Ich las einzelne Stellen noch einmal durch, blätterte vor und zurück, und wäre um ein Haar einer tiefen Depression zum Opfer gefallen.
Ich schlug eine neue Seite auf und nahm die Kappe vom Stift.
„Vielleicht ist es eine gute Idee, gerade jetzt ein wenig zu schreiben", schrieb ich,
„vielleicht kann mich das etwas beruhigen und mir helfen, meine Gedanken zu ordnen."

Ich sah den Stift an und starrte auf das Tapetenmuster. Ich seufzte, steckte die Kappe wieder auf den Stift, legte ihn beiseite, sah ihn eine Weile an, schob ihn ein paar Zentimeter weiter nach rechts und sah ihn wieder an. Ich rutschte mit dem Stuhl zurück und furzte, ein ziemlich müder, lustloser Furz, ohne entschiedenen Ton und außerdem vollkommen geruchlos – äußerst fad. Ich stand auf. Kim. Kim Sandell. Ich öffnete das Fenster und lehnte mich hinaus. Es war eisig kalt. Die Fenster im Haus gegenüber waren inzwischen dunkel. Die Leute schliefen oder versuchten einzuschlafen. Der Heckenschütze hatte seine Sachen gepackt, sich in ein Taxi zum Flughafen Arlanda gestürzt und saß jetzt in einem Jumbo-Jet nach Ankara. Dort würde er wegen seines Versagens ordentlich zur Sau gemacht werden. Kim. Kim Sandell. Ich sah nach oben und stellte fest, daß es sternklar war – eine Menge zitternder Fahrradlampen an einer schwarzen Kellerdecke. In der Ferne hörte ich ein Auto, das offensichtlich Probleme mit dem Anlasser hatte. Fröstelnd schloß ich das Fenster. Ich bohrte in einem Nasenloch – no dice, auch dabei kein Erfolg. Ich gab auf, verlagerte meinen Blick und sah mich selbst im Fenster, zuckte die Schultern über mich, zog mich aus und kroch unter die Decke. Ich las einen acht Zeilen langen Abschnitt drei(!!)mal und begriff trotzdem nichts.

Ich klappte das Buch zu und machte das Licht aus.

Von Einschlafen konnte keine Rede sein.

Wenn ich die Augen schloß, sah ich nur Kim, und das einzige, was ich in der Dunkelheit hörte, war ihre Stimme, die immer wieder aufs neue

„Oh“,

sagte.

Ich versuchte, an etwas anderes zu denken. Ich drehte mich zur Wand, kniff die Augen fest zu und strengte mich an.

Denk an was anderes. Denk an ... denk daran, wie es sein wird, wenn du durch die Popmusik, die du mit

Roffe geschrieben hast, Multimillionär wirst. Wie soll die erste LP heißen? Wie soll sie aussehen?
Sie soll ... äh ... Kisses in Marrakesh heißen.
Hilfe!
Doch, oder Kids in Moonlight.
Nein, seriously. Das Cover?
Ein Foto natürlich, von einem schönen Popo in verwaschenen Jeans.
Ich wälzte mich auf die andere Seite und schlug die Augen auf. Ich sah nichts. Es war pitchblack.
Langsam gewöhnten sich die Augen daran, und aus der Dunkelheit begannen die verschiedensten Grautöne aufzutauchen.
Die Kleider hatte ich so in den Sessel gepfeffert, daß sie jetzt wie ein Mensch aussahen, der im Sessel hockte. Natürlich schon wieder so ein Psychokiller. A maniac. Er wartete nur darauf, daß mein Atem regelmäßig wurde, dann würde er annehmen, daß ich schlief, und sich vorsichtig und lautlos erheben, durchs Zimmer schleichen, an meine Bettkante kommen und sich über mich beugen, und ich...
Ich legte mich auf den Rücken.
Kim, I'm Mad,
dachte ich.
And then it happened.
Die Tränen begannen mir über die Wangen zu strömen.
Doch, das ist ehrlich wahr.
Nicht daß ich geschluchzt und geheult hätte, nein, weit entfernt. Ich lag nur da, auf dem Rücken ausgestreckt, und ohne daß ein einziger kleiner Schluchzer zu hören war, strömten mir die Tränen einfach so aus den Augen.
Irgendwie fühlte ich mich gleichzeitig glücklich und traurig. Traurig über ... na ja, ich weiß nicht so genau. Über mich selbst? Nicht direkt. Aber traurig, weil ... weil ich hier im Bett lag. Und gleichzeitig auch glücklich, weil ich hier lag. Eine glückliche Traurigkeit...
Oh, what a fruitcake!

17

Ich behielt Kim für mich und sagte keinen Ton zu Roffe.
Nach außen hin wirkte ich wahrscheinlich ganz normal. Kam wie immer zur Schule und ging wieder.
Aber: ich parkte mein Fahrrad von nun an am anderen Eingang der Schule, weil ich entdeckt hatte, daß Kim das ihre immer dort abstellte. Dieser eine Morgen, als ich sie erschreckt hatte, war also eine Ausnahme gewesen, vermutlich weil sie sich so sehr verspätet hatte, daß ihr der Weg durchs Schulhaus kürzer erschien. Nachdem ich auf diesen Dreh gekommen war, stellte ich mein Fahrrad immer an Kims Eingang und ging *sehr* langsam durch das ganze Gebäude, in der Hoffnung, sie zu sehen. Und ich sah sie auch. Manchmal. Wenn mir dieses Glück widerfuhr, wußte ich nie, was ich mit mir anfangen sollte. Ich wagte kaum hinzuschauen. Ja, zugegeben, das ist lächerlich, aber so war es nun mal – I couldn't help myself.
Als ich sie zum erstenmal sah, stand sie draußen vor dem Eingang auf der Treppe und lehnte am Geländer. Sie hatte dieselben verwaschenen Jeans an und unterhielt sich mit einem Mädchen. Ich ging langsam vorbei und schielte vorsichtig rüber.
Möchte nur wissen, worüber die reden, dachte ich. Ist das wohl Kims beste Freundin? Hat sie überhaupt eine? Und wenn sie eine hat: worüber reden sie dann?
Worüber reden Mädchen miteinander? Also, Bengt und ich, wir unterhielten uns nie besonders viel, obwohl die meisten uns für unzertrennlich hielten. Wir sprachen nie über Mädchen, abgesehen von ein paar kindischen Albernheiten; nie richtig über Sex, höchstens in Ausdrükken, die wir aus Pornoheftchen hatten, und obwohl dieser abscheuliche Jargon zwischen uns herrschte, hätten

wir es nie gewagt, übers Wichsen zu reden, das Wichsen, das so unerhört peinlich und sündig war und gleichzeitig so unglaublich schön. Nein, wir unterhielten uns nie über Dinge, die ich wirklich gern mit jemand besprochen hätte, für die ich einen Gesprächspartner gebraucht hätte. Und soweit ich wußte, war es bei den meisten Jungs nicht anders. Aber Mädchen?

Einmal fragte ich Anna danach, aber sie behauptete, daß sie mit Lena, ihrer besten Freundin, auch nie über „so was" spräche.

Also ist die Frage immer noch unbeantwortet:

Worüber unterhalten Mädchen sich mit ihren besten Freundinnen?

Eine andere Frage, auf die ich keine richtige Antwort gefunden habe, ist die, worüber Erwachsene mit ihren besten Freunden reden. Reden sie jemals über Dinge, die ihnen wichtig sind, über die sie gern reden möchten?

Vermutlich nicht. Sie hauen auf den Putz, spucken große Töne und belügen sich gegenseitig. Notfalls lassen sie sich vollaufen, damit sie sich Gemeinheiten an den Kopf werfen können oder sie gehen zum Gehirnklempner.

It's a strange world, isn't it? Nie sprechen wir über das, worüber wir am liebsten sprechen würden.

Kim schaute mich nicht einmal an. Sie war völlig damit beschäftigt, ihrer Freundin etwas zu erzählen.

„Ja, und dann ist er einfach abgehauen", gelang es mir aufzuschnappen.

Ich hoffte von ganzem Herzen, daß sie damit ihren Freund meinte.

Good riddance, I'd say.

Leider konnte ich nicht stehenbleiben und ihnen zuhören, sondern mußte langsam an ihnen vorbeigehen.

Dieses Gefühl, daß ich sie nicht anzusehen WAGTE, machte mich halb wahnsinnig. Jeden Morgen, wenn ich ihr zufällig begegnete, wiederholte sich das Trauerspiel. Meine Augen gehorchten mir einfach nicht. Sie glitten verlegen zur Seite und starrten die Korridorwände an, die Geländer, Waschbecken, Türen – jeden Blödsinn, den sie nur finden konnten, nur das eine nicht, was ich am allerliebsten anschauen wollte: KIM.

Nun, an diesem Morgen ging ich weiter zur Abteilung des Musikgymnasiums und stieß in einem Korridor mit Roffe zusammen.

„Was, du kommst aus der Richtung??“

„Offensichtlich“, antwortete ich kurz und ließ ihn verstehen, daß ich diese Sache nicht weiter diskutieren wollte.

„Na, wie läuft's denn so?“ fragte er mit einem bekümmerten Blick.

„Couldn't be better“, log ich.

„Sure“, sagte er.

Wir trabten gemeinsam zur Harmonielehre.

Seit er an jenem Abend angerufen hatte, hatten wir uns – fragt mich nicht, wie oder warum - irgendwie ein Stück voneinander entfernt. Wir gingen nicht mehr so häufig ins Café. Die letzten Tage war ich ihm mehr oder weniger ausgewichen. Und an all dem war vor allem ich schuld – oder sozusagen Kim.

Ich wollte Roffe nichts von ihr erzählen – was vielleicht idiotisch von mir war, aber so war es nun mal. Gleichzeitig war Kim das einzige, worüber ich reden wollte, weil sie das einzige war, was mich interessierte. Das führte natürlich dazu, daß ich nicht besonders unterhaltend war – meistens saß ich da und murmelte ab und zu ein „hmm“ oder ein „ähmm“ vor mich hin.

Vielleicht war ich auch wegen der Sache mit dem Songtext ein wenig sauer. Irgendwo nagte es an mir. Roffe hatte nicht recht. Die Textzeilen, die er streichen wollte, waren die besten des ganzen Songs. Es waren zwei geradezu historische Songtextzeilen, doch das begriff er einfach nicht. Too bad. Ich versuchte, mit mir selbst zu argumentieren, doch das wollte mir nicht gelingen.

Wenn die Schule aus war und Roffe mich nicht in irgendeine Kneipe geschleppt hatte, ging ich in die andere

Richtung durchs Schulhaus in der Hoffnung, Kim irgendwo zu erblicken. Doch das tat ich nie, und ihr Fahrrad war um diese Zeit immer schon verschwunden.
Eine Sache, die mich zu beunruhigen begann - und während dieser Zeit beunruhigten mich WAHNSINNIG viele Sachen, soviel kann ich verraten –, war ihr Aussehen.
Sie war das schönste Mädchen, das ich je gesehen hatte – das war mir schon von der allerersten Sekunde an klar, als ich sie sah. Von Mal zu Mal, wenn ich sie morgens kurz erblickte, kam sie mir schöner vor. Wenn meine Augen es je gewagt hätten, ordentlich hinzuschauen, wäre ich möglicherweise an her beauty gestorben.
Aber mir war inzwischen eingefallen, daß ich natürlich nicht der einzige war, der Augen im Kopf hatte – und das war es, was mich beunruhigte. Und wie sah ich selbst eigentlich aus? Angenommen, sie fand mich häßlich!? Was dann?
In meinen selbstbwußteren Momenten war ich felsenfest davon überzeugt, daß sie das nicht finden würde, o nein. Im Gegenteil.
In weniger guten Augenblicken versuchte ich, mir weiszumachen, daß sie bloß meine Stimme zu hören und mich kennenzulernen bräuchte, um mein Äußeres zu vergessen. Ganz klar. Dann würde sie fallen wie eine reife Birne.
In Zeiten, die weder als selbstbewußt noch gut bezeichnet werden können, zweifelte ich ernsthaft an sowohl meinen äußeren als auch meinen inneren Vorzügen. Eigentlich könnte ich gleich ganz aufgeben, oder etwa nicht? Warum sollte sie mich auch nur ansehen wollen, geschweige denn sich für mich interessieren?
Was hatte ich schon zu bieten? Nichts. Meine Vorzüge waren gleich null.
Und so weiter.
Elender Bockmist – warum darf man nicht mit einer klaren, aufrechten und beständigen Auffassung von sich selbst durchs Leben spazieren?
Ich frage ja nur.

18

Eines Morgens, als ich wie üblich Kims Eingang benutzte, erblickte ich einen Zettel am Schwarzen Brett. Es war ein rosa DIN A 4-Blatt, das mit vier Reißzwecken angeheftet war. Die Nachricht darauf war offensichtlich von einem Mädchen mit künstlerischen Ambitionen gestaltet worden. Mit verschnörkelter halbfetter Schrift wurde mitgeteilt, daß die drei Abschlußklassen bei irgendeinem Typ namens Schinkel ein „affengeiles Herbstfest" feiern würden.

Kim, dachte ich, Kim geht in eine der Abschlußklassen.

Ich angelte einen Stift aus der Tasche und schrieb Adresse, Datum und Zeit auf, U-Bahn, Bus, Zug und Wegbeschreibung.

Fruitcake, seufzte mein Gehirn, da kannst du doch echt nicht hingehen, oder?

Klar kann ich das, sagte ich, warum sollte ich das nicht können?

Weil du in keine Abschlußklasse gehst, Stupido.

Daran denkt doch kein Mensch, sagte ich mit einem verschlagenen Lächeln.

19

Das Haus war Marke Kleineres Schloß, der Garten gigantisch. Der Gartenweg, der an eine mittlere Landstraße erinnerte, wurde von Fackeln gesäumt. Aus dem Haus drangen tiefe E-Baßrhythmen. Ich blieb unten bei den geöffneten hohen Gußeisentoren stehen und steckte mir eine Zigarette an. Ein bißchen unruhig war ich schon.
Ha!
Ja, ja, zugegeben:
Ich war verdammt nervös.
In einer Tüte hatte ich zwei Flaschen Wein dabei, die Tante Agnes für mich besorgt hatte. Sie hatten ein Vermögen gekostet. Es waren zwei Flaschen Bouchard Universel. Wenn diese reichen Schnösel auch nur eine Spur von Klasse hatten, würden sie einsehen, daß hier ein Typ ankam, der wußte, wo es lang ging.
Ich hatte mich ordentlich in Schale geworfen – ein neugekauftes Jackett und neue modische Hosen, und außerdem hatte Tante Agnes meine Rizzo-Latschen gewienert. Sie hatte keine Ahnung, daß ich vorhatte, mich uneingeladen auf eine Bonzenfete einzuschmuggeln.
Ich war also zugegebenermaßen schrecklich nervös. Um mich ein wenig zu beruhigen, hatte ich unterwegs zwei Dosen DAB getrunken. Ich war von der Straße abgebogen und hatte mich in ein dunkles herbstliches Wäldchen verdrückt, um mir in Form von Bier der Dortmunder Actien-Brauerei Mut einzuschütten. Diese beiden Dosen hatten jedoch nicht das Wunder bewirkt, das ich erhofft hatte. Ich war hinterher genauso nervös wie vorher.
Ich drückte die Zigarette aus und betrat den Gartenweg. Je mehr ich mich dem Haus näherte, desto heftiger hämmmerte die wilde Discomusik. Hinter den großen, nach oben gewölbten Fenstern sah ich leuchtende Kri-

stall-Lüster und vorbeiflatternde Gestalten – da drin wurde allem Anschein nach getanzt.
Die imponierend große Haustür war mit verschnörkelten Intarsien verziert. Es dauerte geraume Zeit, bis ich den Klingelknopf gefunden hatte, der hinter Efeuzweigen verborgen war. Dann streckte ich den Zeigefinger aus und klingelte, ohne zu zögern.
Nichts geschah.
Also, wenn es etwas gab, womit ich NICHT gerechnet hatte, dann dies – daß nichts geschehen würde. Ich hatte mir die verschiedensten Variationen ausgemalt – wer öffnen würde, wie derjenige aussehen würde, was ich sagen würde und was dann passieren würde. Aber für eine Variation, in der NICHTS geschah, hatte meine Phantasie doch nicht ausgereicht.
Das war ein echt idiotisches Gefühl.
Die Musik hinter der Tür hämmerte weiter, und jetzt vernahm ich zwischen den Synthiklängen auch Stimmengewirr – also mußte es dort auch Menschen geben.
Ich läutete noch einmal.
Same thing – nichts geschah.
Sie hörten es natürlich nicht.
Ich drückte die eiserne Türklinke runter. Die Tür war offen.
Die Eingangshalle, in die ich jetzt trat, war direkt aus „Denver" übernommen. Es war, als beträte man eine kleinere Kathedrale, die allerdings sparsam möbliert war. Eine Kommode, ein paar Sessel, ein kleiner Tisch unter einem Wandspiegel – alles unter Mänteln verborgen, als wäre die Halle das Lager eines versnobten Kleiderladens.
Keine Menschenseele weit und breit.
Ich schloß die Tür hinter mir und war, gelinde gesagt, etwas unsicher, was ich jetzt tun sollte. Besonders viel Zeit zum Überlegen blieb mir nicht.
Aus einem Gang, der neben der Prunktreppe ins Haus führte, tauchte ein Typ auf, der direkt aus „Vogue Hom-

mes“ oder der letzten Ausgabe von „Chic“ gestiegen zu sein schien. Er paffte eifrig an einer großen Zigarre und hatte die Hände in den Hosentaschen vergraben. Als er mich entdeckte, was einige Zeit dauerte, starrte er mich mit einem eigenartigen Blick an. Ich brauchte ziemlich lang, bis ich checkte, was mit ihm los war – er war schlicht und einfach blau.
„Hallo!“ brachte er heraus und behielt dabei die Zigarre zwischen den Zähnen. Das war ganz offensichtlich ein Konzentrationsakt, der seine Kräfte hart beanspruchte.
„Hallo“, antwortete ich und stellte die Tüte mit den Weinflaschen auf den Marmorboden. Ich zog meinen alten Trenchcoat aus und warf ihn oben auf den Kleiderberg auf dem Tisch unterm Spiegel.
Der Betrunkene kam her und baute sich viel zu nah vor mir auf. Er stank nach Wein, und die Zigarre roch auch nicht besonders angenehm.
„Ich glaub nischt, dasch wir unsch kennen“, stellte er fest und schwankte dabei vor und zurück.
Das muß ein Vetter oder Bruder sein, dachte ich, für jemand aus der Abschlußklasse ist er viel zu alt. Mindestens dreißig.
„Äh, Jörgen“, stellte ich mich vor, ohne mit der Wimper zu zucken. „Ich bin mit Kim hier.“
„Kim?“ sagte er fragend und schaute an die Decke, um den Anschein des Nachdenkens zu erwecken. Das tat seinem Gleichgewicht nicht gut – er geriet in heftiges Schwanken und mußte sich rasch am Rand der Kommode festhalten.
„Ach scho, Kia“, murmelte er. Ich wollte ihn schon korrigieren, als mir aufging, daß es bestimmt besser wäre, das zu unterlassen.
„Ja, genau“, sagte ich statt dessen mit munterer Stimme.
„Sag mal, gibt's hier irgendwo einen Korkenzieher?“
„Klar, Mann, haste Wein dabei?“
Dieser Gedanke munterte ihn sichtlich auf. Ich hob meine Tüte auf und hielt sie ihm vor die Augen.

„Schuper“, sagte er, „komm, mein Freund, komm, folge mir!“
Er schwankte davon.
Das kann doch unmöglich wahr sein, dachte ich, ich muß mitten in irgendeinem alten Film gelandet sein. Wo stekken James Steward und Cary Grant?
Nach einigen Irrfahrten landeten wir in einer Küche, die ungefähr so groß war wie Trafalgar Square. Dort wimmelte es von Leuten. Eine bunte Mischung aus dicklichen, festlich aufgetakelten Teeniebräuten und lächerlich hochnäsigen Bubis, die sich in Smoking und Frack gezwängt hatten (doch, ist ehrlich wahr!). Eine Anzahl festlich gewandeter Erwachsener war auch vertreten, vermutlich irgendwelche Eltern, sie waren wesentlich besoffener als die jungen Leute.
Der Typ mit der Zigarre blieb neben einem Mädchen in einem weißen Rüschenkleid stehen, die sich gerade Orangensaft einschenkte. Er legte ihr den Arm um die bloßen Schultern und drückte ihr einen nassen Schmatz auf die Wange.
„Laß das“,
fauchte sie ihn an.
Da grinste er breit, drehte sich zu mir um und grinste noch breiter, um ihr dann ordentlich auf den Hintern zu klatschen. Ich erwartete, daß sie ihm jetzt eine schmieren würde. Aber nein. Statt dessen drehte sie sich um und *lächelte* ihn an, beugte sich vor und *küßte* ihn!
Nach dem Kuß drehte er sich wieder zu mir um.
„Korkentschieher“, sagte er, streckte den Arm aus und zeigte auf eine Küchenbank.
Ich ging dorthin und holte die Flaschen aus der Tüte.
Da spürte ich die Weintabakdämpfe am Hals und befürchtete einen Augenblick lang, daß er mir auch auf den Hintern klatschen würde. Doch statt dessen schrie er mir ins Ohr:
„HIER! KORKENTSCHIEHER!“
„Da“, sagte ich friedlich und reichte ihm die Flaschen.

„Boutschar", sagte er und nickte. „Boutschar. Spanisch?"
Er rammte den Korkenzieher rein, und mir wurde sofort klar, daß ich das wohl besser selbst übernehmen sollte.
„Danke", nickte er.
Ich zog den Korken raus und sah mich nach Gläsern um. Es gab keine. Dafür standen Stapel mit Plastikbechern auf dem Tisch. Plastikbecher? Wo bin ich denn hingeraten, dachte ich, kann das wirklich das hochherrschaftliche Djursholm sein? Plastikbecher?
Ich trank einen Becher Wein und kämpfte gegen aufsteigenden Brechreiz. Es ist mir echt schleierhaft, wie ich es je lernen soll, Wein zu mögen. Vorläufig finde ich das Zeug einfach widerlich.
Nachdem ich meinem Freund mit der Zigarre zugenickt hatte, ging ich mit zielstrebigen Schritten auf eine Tür zu, die in das eigentliche Festgetümmel zu führen schien.
Ganz recht.
Ich landete im Grand Central Station, wo es von versnobten Modefreaks nur so wimmelte, die sich zu einer blökenden Whitney Houston den Hintern abtanzten. Die Leute, die nicht tanzten, standen quatschend in kleineren Gruppen herum und tranken. Ein paar hatten sich bereits in die Ecken verzogen, wo sie halbherzig zu knutschen versuchten – ihr wißt schon: betatsch, begrapsch, Schmatz, Schmatz, kicher, kicher...
Ich muß systematisch vorgehen, dachte ich. Wenn ich sie finden soll, muß ich die Sache gründlich anpacken.
Und wenn sie eine von denen ist, die in den Ecken herumknutschen?
Halt die Klappte, natürlich ist sie das nicht!
Niemand kümmerte sich um mich, und das kam mir sehr gelegen. Ich nahm ein Glas, das aussah, als enthielte es Sekt, aber nur nach Limo schmeckte. Mit dem Glas in der Hand glitt ich suchend umher, drängte mich durch die tanzenden Paare und nippte jedesmal an meinem Glas, wenn jemand mich ansah. Meistens prostete die be-

treffende Person dann zurück und versuchte verzweifelt sich daran zu erinnern, wer ich denn verdammt nochmal sei, da ich ihr doch zugeprostet hatte.
Ganz hinten im Wartesaal des Grand Central Station wand sich eine Treppe ins Obergeschoß hinauf. Zwei Paare waren nach oben unterwegs, und zwei Jungs kamen gerade herunter.
Ich steuerte die Treppe an und hielt gleichzeitig die Augen offen.
No Kim.
Oben angelangt lehnte ich mich ans Geländer und blickte auf das festliche Getümmel. Ich guckte und guckte und musterte jeden hüpfenden Schädel mit der richtigen Haarfarbe.
No Kim.
Hier oben breitete sich eine weitere Halle mit Marmorboden vor mir aus. An ihrem hinteren Ende sah ich eine Türöffnung, hinter der bunte Kleider, Fräcke, Anzüge und Krawatten aufleuchteten. Ich ging hin.
In diesem Raum war es wesentlich ruhiger als unten. Auf einem Podium in einer Ecke hockten drei Typen und spielten eine friedliche Schnulze. Einige Paare tanzten langsam durchs Zimmer. Whitney Houston tat von unten ihr Bestes, um die Stimmung hier oben zu stören.
Auch in diesem Zimmer – no Kim.
Wo ist sie nur, dachte ich. Vielleicht ist sie gar nicht hier? Ich hatte damit gerechnet, aber irgendwie doch nicht damit gerechnet.
Vielleicht hat sie sich verspätet, überlegte ich weiter. Vielleicht war sie auf dem Lokus, als ich kam?
Ich verließ das Tanzzimmer und folgte einem schmalen Flur. Inzwischen hatte ich einen frischen Plastikbecher ergattert, der Bier zu enthalten schien. Ja, es war Bier! Nach dem abscheulichen Bouchard und dem Limonadensekt schmeckte es herrlich.
Ich steckte mir eine Gauloise an und sah mich nach einem Aschenbecher um, konnte aber keinen entdecken.

Vielleicht dort drin, dachte ich und trat an eine geschlossene Tür. Ich tastete nach dem Türgriff – die Tür war offen. Vorsichtig trat ich ein.
Es war ein Schlafzimmer. Obwohl es fast dunkel war, ließen sich die Umrisse eines Körpers auf dem Bett erahnen. Einen kurzen Augenblick lang dachte ich, da lägen zwei und vergnügten sich miteinander. Doch dem war nicht so. Die Person auf dem Bett war solo.
„Wer ist da?" wimmerte eine tränenerstickte Stimme aus der Dunkelheit. Die Stimme klang nicht nur tränenerstickt, sondern auch reichlich beschwipst.
„Bernard", log ich, „ich wollte nur einen Aschenbecher holen."
„Oh, hast du für mich eine Zigarette?" stöhnte die Person auf dem Bett.
„Klar hab ich das", sagte ich und trat ins Zimmer.
„Mach die Tür zu", befahl sie, streckte den einen Arm aus und machte eine Lampe auf dem Nachttisch an.
Ich schloß die Tür hinter mir und trat vor an den Bettrand.

Jetzt glaubt ihr natürlich, die Person in diesem Bett sei Kim?
Weit gefehlt.

20

Die Lampe war so schwach, daß sie die Dunkelheit kaum erhellte. Wie konnte man nur ein so schummriges Licht neben dem Bett haben? Aber hier im Haus wurde vielleicht nicht vor dem Einschlafen gelesen, hier waren die Bewohner nach dem Marathonlauf durch den Riesenkasten wahrscheinlich so groggy, daß sie einfach ins Bett kippten und sofort weg waren.
Trotz des Dämmerlichtes sah ich, daß das Mädchen auf dem Bett aus einer der Abschlußklassen sein mußte. Und ich stellte auch fest, daß sie keineswegs schlecht aussah, auch wenn ihr Make-up von einem nassen Schwamm verwischt worden zu sein schien.
Ich gab ihr eine Zigarette und steckte sie ihr an. Sie paffte hastig daran und wurde sofort von einem heftigen Hustenanfall heimgesucht. Mit einem Ruck richtete sie sich auf, legte die Gauloise weg und hielt sich die Brust.
Ich klopfte ihr ein paarmal auf den Rücken – das hilft meistens.
Doch es half überhaupt nichts.
Der Husten wurde nur immer schlimmer, das Mädchen atmete heftig und stoßweise, keuchte und keuchte. Schließlich stand sie auf und wackelte zum Fenster rüber. Sie hatte ein langes Kleid aus weißem, blanken Stoff an, das in der Dunkelheit leuchtete. Sie öffnete das Fenster und lehnte sich hinaus. Ich hörte, wie sie die kalte Luft tief einatmete. Das schien zu helfen.
Nach einer Weile schloß sie das Fenster und legte sich wieder hin.
„Was war das – Hasch?“
„Nö“, grinste ich, „Gauloise.“
„Gauloise?“
„Französische Zigarette.“

„Ach so."
Es war ihr anzuhören, daß sie die Erklärung nicht besonders überzeugend fand. Mißtrauisch nahm sie die Zigarette wieder und starrte sie an.
„Sie ist ausgegangen", stellte sie fest.
„Ja, das haben die so an sich", sagte ich und holte mein Dunhill heraus.
„So was Blödes", sagte sie und zündete die Gauloise vorsichtig an der Flamme an. Diesmal paffte sie nur kurz und blies den Rauch rasch wieder aus.
„Vielleicht gewöhnt man sich ja daran", sagte sie lächelnd und lehnte sich gegen das Kopfende des Bettes.
„Wie war doch gleich dein Name?"
„Bernard", log ich wieder, „Bernard Axelbrink."
„In welche Klasse gehst du?"
„In gar keine. Kim hat mich eingeladen."
„Kim? Kim Sandell?" fragte sie erstaunt.
„Ja, genau", nickte ich.
„Komisch, sie konnte heute abend doch gar nicht kommen."
„Ach, tatsächlich?" sagte ich ehrlich erstaunt.
„Ja, ich glaube, irgend jemand hat was davon gesagt, daß mit ihrer Mutter oder ihrem Vater was los sei oder so ... na ja, ich weiß nicht so genau."
„Schade", sagte ich und versuchte, möglichst cool zu klingen. „Na, wahrscheinlich hat sie mich nicht mehr rechtzeitig erwischt."
So, und daraufhin passierten zwei Dinge:
Erstens: Ich begann mir Sorgen zu machen. Also mal angenommen, diese Puppe hier ging in Kims Klasse? Angenommen, sie war gar nicht so blau, wie sie schien, sondern konnte sich später sehr gut an Bernard Axelbrink erinnern und fragte Kim am Montag nach ihm? Oder, noch schlimmer:
Angenommen, ich begegnete ihr auf dem Schulhof???
Vielleicht war ich trotz allem doch ein rechter Vollidiot?

Zweitens begannen die beiden Dosen DAB, der abscheuliche Rotwein, der Limonadensekt und der Becher Bier, den ich zuletzt in mich reingekippt hatte, ihre eigentliche Aufgabe zu erfüllen – nämlich, mich betrunken zu machen.
Nicht, daß mir direkt schlecht geworden wäre, nein, das nicht. Aber meine Stimme veränderte sich plötzlich beim Sprechen, und meine Bewegungen wurden irgendwie komisch.
Ich stellte The Question und hielt die Luft an:
„Gehst du in dieselbe Klasse wie Kim?"
Das Mädchen stieß eine Rauchwolke aus.
„Mmm, gar nicht so schlecht", nickte sie anerkennend. „irgendwie anders... Nein, überhaupt nicht", fügte sie dann als Antwort auf meine Frage hinzu. „Vor zwei Jahren hab ich mit der Penne aufgehört – ich wohne nur zufällig hier in diesem Schuppen. Mein Bruder, Patrick – kennst du ihn? – geht in Kims Klasse."
„Ach so." Ich stieß einen tiefen Seufzer vor Erleichterung aus.
Das klang schon besser. Die Chance, daß diese ganze Unterhaltung irgendwie an Kims Ohren gelangte, wurde zusehends kleiner.
Plötzlich schwappte mein Rausch über mir zusammen und hüllte mich in weißliche Nebelschleier ein.
„Mensch, sei doch so lieb und besorg noch ein paar Gläser Schampus!"
bat das Mädchen ausgerechnet in diesem Augenblick und sah mich dabei mit einem – wie ich mir einbildete – herausfordernden Lächeln an. Als nüchterner Mensch, im Vollbesitz meiner Sinne, hätte ich natürlich gedacht: verführerisch.
„Von mir aus", sagte ich, „muß ich dazu in die Küche runter, oder wie?"
„Nein, du brauchst bloß draußen nach links zu gehen und dann gleich in die erste Türe rechts, da steht er dann auf dem Tisch."

„Wer steht da?" fragte ich begriffsstutzig.
„Der Schampus", erklärte sie.
„Aha", nickte ich.
Draußen im Flur stellte ich fest, daß ich beim Gehen schwankte. Fast unmerklich, aber immerhin...
Ich kann dir nur den Rat geben, *nicht* wieder zu der Puppe ins Schlafzimmer zurückzukehren, sagte ich mir. Bestimmt schläft sie gleich ein, und wenn sie später aufwacht, wird sie glauben, Bernard Axelbrink sei nur ein Traum gewesen – das heißt, wenn sie sich überhaupt an ihn erinnert.
Los, hau ab, zieh Leine! Geh runter, verlaß diesen Kasten, fahr nach Hause. Vielleicht kommst du dann mit dem bloßen Schrecken davon...
Du redest vielleicht komisch daher. Das war doch eindeutig ein interessantes Lächeln vorhin?
Mann, verpiß dich, du bist ja total blau. Hau ab!
Ja, aber sag doch selbst – es war doch ein echt interessantes Lächeln. Irgendwie einladend. Ja, geradezu *freundlich*, vielleicht können wir ja Freunde werden.
Skip it, mach 'ne Fliege!
Trübe Tasse, brummte ich und bog in die erste Tür rechts ein. Dahinter lag ein kleiner Raum, der wie eine Küche aussah, aber doch keine war, weil der Herd fehlte. Auf einem Tisch unter einem Hängeschrank standen Reihen von Plastikbechern, ein halbes Dutzend Sektgläser und zehn oder zwölf Flaschen Chevaliers de Malte.
Na ja, Schampus ist nicht gleich Schampus, dachte ich enttäuscht. Dom Perignon ist es ja nicht gerade, aber von mir aus...
Als ich wieder ins Schlafzimmer zurückkam, hatte das Mädchen die Gauloise zu Ende gequalmt.
Ich stellte die Flasche und die beiden Gläser auf den Nachttisch.
Das Mädchen beugte sich vor und nahm die Flasche. Mit geübtem Griff ließ sie den Korken rausploppen. Ich war froh, daß sie das übernahm – ich selbst hasse es, Sektfla-

schen zu öffnen, ich habe nämlich immer den Verdacht, daß sie mir direkt ins Gesicht explodieren werden.
Sie füllte die Gläser und gewährte mir dabei einen vorzüglichen Einblick in ihren Ausschnitt.
Ich mußte heftig schlucken und schüttelte vorsichtig den Kopf, um meine Gedanken zur Ordnung zu rufen.
Hör auf, dich wie ein geiler Bock zu benehmen, nervte eine Stimme in meinem Hinterkopf.
Ziemlich scharfe Titten, kicherte eine andere, sehen echt gut aus. Möchte zu gern wissen, wie die ohne Kleid daherkommen und wie sie sich in der Hand anfühlen?
Shut up, fauchte die Stimme aus dem Hinterkopf.
„Prost", sagte das Mädchen und lächelte mir zu.
„Prost", sagte ich und hörte, daß meine Stimme irgendwo im Bauch steckengeblieben war.
„Ich heiße Rosita", sagte sie, senkte die Augenlider und betrachtete die Bläschen, die in ihrem Glas aufstiegen.
Rosita, dachte ich, wie um alles in der Welt kann man nur Rosita heißen?
Ich wußte nicht, was ich tun sollte, also leerte ich das Glas mit einem einzigen tiefen Zug.
„Durstig?" fragte sie und lächelte schon wieder auf diese irritierende Art.
„Genau", versetzte ich kurz und füllte mein Glas mit noch mehr Schampus.
„Duuuuuuuu...?????????"
sagte sie dann mit unglaublich gedehnter Stimme und fügte die Fragezeichen am Schluß als eine Art schluchzendes Flehen hinzu.
„Mmmm??" gab ich von mir, während ich gleichzeitig noch mehr Bläschen schluckte.
„Gehst du mit Kim?"
Ich schüttelte energisch den Kopf.
„Mit sonst jemand?" fragte sie mit derselben Art von Stimme.
Und doch war es eine andere Stimme – die hier war voller Hoffnung, in der Frage waren Andeutungen von dem

enthalten, was sie eigentlich wollte, die Worte waren voller Elektrizität.
Und diese Elektrizität wurde direkt an mich angeschlossen – genauer gesagt an meinen Schwanz. Er schwoll sofort an, und ich spürte, wie die Geilheit sich ausbreitete, nicht nur in mir, sondern im ganzen Raum. Die Geilheit vibrierte in der Dämmerung, sie ließ das Bett, das weiße Kleid des Mädchens und ihren solariumbraunen Ausschnitt hell aufschimmern.
Ich dachte an das verschmierte Makeup. Offensichtlich hatte Rosita vorhin geweint, oder nicht?
Sie sah traurig aus, traurig und beschwipst, und schien sich nach Aufmerksamkeit zu sehnen – nach einer ganz bestimmten Aufmerksamkeit.
Ich hatte nicht vor, ihr diese Aufmerksamkeit zu geben. Ganz ehrlich nicht. Aber ich wurde überstimmt.
Im nächsten Augenblick hörte ich nämlich eine vor Geilheit halb erstickte Stimme sagen:
„Komm, komm her."
Das war meine Stimme.
Rosita beugte sich zu mir vor, und wir küßten uns. Sie hatte eine energische, beinahe verzweifelte Zunge. Ihre Hände wanderten an meinem Rücken auf und ab.
Wir ließen uns nach hinten aufs Bett fallen, und dabei schoß mir die Frage durch den Kopf, ob das wohl ihr Bett sei.
Danach verhielten wir uns beide abwartend. Wir streichelten uns und küßten uns, aber mehr nicht. Vielleicht erwartete sie, daß ich die Initiative ergriff. Ich aber zögerte. Einerseits gab es in meinem Kopf gewisse Herrschaften, die von dem, was sich hier abspielte, alles andere als begeistert waren, andererseits gab es da auch ängstliche Draufgänger, die es sich einfach nicht getrauten, die Angst davor hatten, von dieser Solariumsnymphe einen Korb zu bekommen.
Meine Hand wurde aktiv. Sie bahnte sich einen Weg unter den Kleidersaum, streichelte sich an Rositas Schen-

keln hinauf und näherte sich interessanteren Regionen.
Ich hätte mir keine Sorgen zu machen brauchen.
Rosita stöhnte theatralisch auf und schob ihren Unterleib vor, so daß meine Hand ganz und gar zwischen ihren Schenkeln gefangen war. Sie preßte die Schenkel zusammen und rieb sich rhythmisch an meiner heißen Hand.
„Halt, warte", sagte sie dann halb kichernd, halb keuchend.
„Was issen?" brachte ich mit kloßiger Stimme hervor.
„Das Kleid. Einen Augenblick."
Ich rollte von ihr weg und landete auf dem Rücken. Sie krabbelte an den Bettrand, stand auf und streifte das knisternde, seidenglänzende Kleid ab, woraufhin die dämmrige Dunkelheit des Zimmers sie plötzlich zu verschlukken schien – das einzige, was ich von ihr erkennen konnte, war eine weiße Unterhose, die scharf aufleuchtete.
In ein paar Sätzen war sie bei der Tür und schloß sie ab.
„Schließlich wollen wir ja nicht gestört werden, oder?" sagte sie lächelnd und kam aufs Bett zu.
Sie hatte eine gute Figur mit vielen Kurven, allerdings hätte etwas weniger Essen und etwas mehr Jogging ihr bestimmt nicht geschadet, aber so im Dämmerlicht sah sie ganz okay aus.
Oller Zyniker.
Und der Busen war formvollendet. Wie ich mir gedacht hatte.
Sie legte sich hin, schmiegte sich an mich und preßte ihre eine Hand außen auf meine Hose. Dann biß sie mir leicht ins Ohrläppchen, leckte mich am Hals und rieb ihren Unterleib an meinem Schenkel. Meine Hand bewegte sich nach unten.
Inzwischen waren die Herrschaften, die bisher so energisch gegen das Geschehen protestiert hatten, ganz und gar verstummt.

Ich war ganz einfach geil. Betrunken und geil – hatte nichts anderes im Kopf, am allerwenigsten Kim.
Ich streichelte Rosita, preßte die Hand gegen ihre Möse, und ließ den Zeigefinger in sie eindringen, ließ ihn wieder herausgleiten, hinauf zu dem kräuselhaarigen Hügel, ich streichelte, preßte, streichelte und spürte, wie Rosita mit dem Körper antwortete, wie sie ihn gegen meine Hand drückte, ihn zurückzog, die Beine öffnete, schloß und wieder öffnete.
Ich glitt an ihr hinab, füllte den Mund mit ihrer einen Brust, biß leicht in die Brustwarze. Glitt weiter abwärts, leckte salzigen Schweiß von ihrem Nabel. Drängte das Gesicht zwischen ihre heißen Schenkel, leckte ihre Feuchtigkeit und fand, daß es besser schmeckte als Champagner – auf jeden Fall besser als Chevaliers de Malte.
Sie zog mich über sich hinauf.
Ich richtete mich auf, knöpfte die Hose auf und schob sie und die Unterhose mit ein und demselben Ruck nach unten.
Ich wollte meinen Schwanz schon in Rosita vergraben, als ich plötzlich einen kurzen lichten Moment hatte.
„Warte", keuchte ich. „warte, Kondom ..."
„Ach was", stieß sie hervor, „ist doch unnötig, du kannst doch vorher aufhören."
Mir wurde ganz eiskalt.
„Was zum Teufel meinst du damit?" fragte ich wütend.
„Wieso??" sagte sie verständnislos und erstarrte am ganzen Leib.
„Was heißt hier wieso – ja, bist du denn noch zu retten? Vorher aufhören??!!"
Ich starrte sie fassungslos an.
„Hast du etwa im Biologieunterricht gefehlt? Hast du nie was davon gehört, wie man Kinder macht?"
Ich versuchte, mich aufzurichten, aber meine heruntergerutschten Hosen hinderten mich daran und hätten mich fast auf Rosita zurückfallen lassen. Also rollte ich mich

auf die Seite und zog die Hosen so weit hoch, daß ich wenigstens gehen konnte.
Meine Jacke, dachte ich, wo ist nur die verdammte Jacke abgeblieben.
Die Jacke lag etwas weiter weg auf dem Boden.
In der Brieftasche steckte eine Kondompackung der Marke Profil, und die hatte dort gesteckt, seit ich von daheim abgereist war.
Rosita lag ganz still auf der Seite und sah immer noch leicht geschockt aus. Das war sie vielleicht auch. Sie hatte die Hände gefaltet und unter eine Wange geschoben.
„Und was ist mit AIDS?" fauchte ich wütend und schleuderte die Jacke auf den Boden.
„Was?" schluchzte sie, und erst da checkte ich, daß sie weinte.
„AIDS!" schrie ich und wurde noch wütender, diesmal auf mich selbst, weil ich sie traurig gemacht hatte.
„AIDS", wiederholte ich, „hast du noch nie was von AIDS gehört?"
Ich riß die Packung auf und wollte mir das Kondom schon über den Schwanz pulen, als ich feststellen mußte, daß er es gar nicht mehr ausfüllen konnte. Vor lauter Schreck hatte er sich zusammengezogen.
„Shit!" murmelte ich.
„Was ist denn das schon wieder!" wimmerte Rosita. Sie schien zu glauben, daß ich noch eine weitere fürchterliche Geschlechtskrankheit aufgezählt hatte.
Sie erhielt keine Antwort.
Mit einem schweren Seufzer setzte ich mich auf die Bettkante und starrte auf den Boden, durch den ich am allerliebsten versunken wäre, um in einem secret tunnel zu verschwinden und daheim bei Tante Agnes vor der Glotze wieder aufzutauchen.
Was zum Teufel hab ich hier verloren, dachte ich.
Das Knarren der Bettfedern verriet, daß die weinende Rosita sich bewegte. Ich sah auf. Sie trank aus ihrem Glas und setzte sich hin.

„Willst du einen Schluck?“ fragte sie und reichte mir das Glas.
„Danke“, sagte ich übertrieben höflich.
Ich trank.
Wir schwiegen lange.
Am besten, ich verdufte so schnell wie möglich, dachte ich, rein in die Kleider und nichts wie weg.
Kaum hatte ich diesen Gedanken zu Ende gedacht, als ich spürte, wie Rositas Arme sich von hinten um mich legten. Sie preßte ihre Brüste an meinen Rücken und legte den Kopf auf meine Schulter.
„Verzeih mir“, sagte sie leise, „und danke.“
„Keine Ursache“, antwortete ich und hätte mir fast die Zunge abgebissen vor Ärger, daß ich die ganze Zeit so bescheuerte Sachen von mir gab.
„I-ich...“, begann sie, „ich...“
„Ja, was?“ fragte ich und versuchte, möglichst anteilnehmend zu klingen.
„Ich, ich hab einfach nicht gewußt, was ich tat. Mein – mein Freund hat heute abend Schluß gemacht – mitten auf dem Fest, hier bei mir daheim...“
„Mann, das muß ja ein fieser Gringo sein“, sagte ich und stellte erleichtert fest, daß ich wieder wie Harrison Ford klang.
„Und da ... da ging's mir so wahnsinnig schlecht...“, sagte sie, und die Tränen waren wieder sehr nah, „und...“
„Komm her“, sagte ich und legte das Kondom auf den Nachttisch.
Ich legte mich auf den Rücken und zog sie an mich. Mit abgewandtem Gesicht preßte sie ihre Wange an meine haarlose Brust. Ich hörte und fühlte, daß sie weinte, und gleich darauf fiel mir etwas Nasses, Kaltes auf die eine Brustwarze. Ich strich ihr übers Haar und wußte nicht so recht, was ich tun sollte.
„So ein Blödsinn!“
sagte sie plötzlich und zog den Kopf mit einem Ruck

weg. Sie stand auf, verschwand durch eine Tür und machte dahinter das Licht an. Ich hörte, daß sie sich schneuzte.
Garantiert haben die hier für jedes Zimmer eine Toilette, dachte ich, genau wie im Hotel.
Ich genehmigte mir noch einen Schluck Prickelwasser, wobei mein Blick an dem immer noch zusammengerollten Kondom neben der Champagnerflasche hängenblieb.
Es sah echt komisch aus.
Mensch, so eine Pleite, dachte ich.
Du bist ein verdammt mieser Typ, knarrten jetzt dieselben Herrschaften, die am Anfang protestiert hatten, dann aber so rasch verstummt waren – jetzt war es also an der Zeit, wieder hervorgekrochen zu kommen.
Ich hörte, wie hinter der Tür das Wasser rauschte.
Sie wäscht sich, dachte ich.
Dann seufzte ich.
Dann dachte ich:
Das hier ist einfach nicht zu fassen. Das hier ist einfach der totale Wahnsinn. Also, da ist diese üppige Solariumsnymphe, die gegen alle Wahrscheinlichkeit plötzlich auf mich scharf wird, und dann fällt mir nichts Besseres ein, als das Ganze zu verpatzen, ich Rindvieh. Und dann, dann werd ich auch noch impotent! Nicht einmal in meinen wildesten Phantasien hätte ich mir vorstellen können, daß so etwas möglich wäre: plötzlich – Päng! – hab ich eine heiße Puppe mit reifen Brüsten über mir, und als es dann soweit ist, schaff ich's nicht! Amazing...
Es klickte, und das Licht in der Toilette ging aus. Rosita kam wieder heraus. Ihre Brüste tanzten im Zeitlupentempo, als sie das Zimmer durchquerte und sich auf die Bettkante setzte.
Ohne ein Wort beugte sie sich vor und gab meinem Schwanz einen nassen Schmatz. Sie nahm ihn in die Hand und streichelte ihn mit der anderen Hand – ungefähr, als wäre er ein Hamster.

Und viel mehr wert als ein beschissener kleiner Hamster war er auch nicht. Also, eigentlich wäre es doch das natürlichste auf der Welt gewesen, wenn er sich jetzt sofort in Prinz Schwanz Eisenherz verwandelt hätte – doch daraus wurde nichts. Wenn überhaupt etwas passierte, dann, daß er NOCH kleiner wurde.
Mir wurde ganz heiß. Vielleicht stimmt was nicht mit mir, dachte ich, vielleicht werd ich das nie schaffen! Ich errötete bis an die Haarspitzen und war sehr dankbar für das Dämmerlicht, das im Zimmer herrschte.
Von wegen failure. Ich war eine Totalkatastophe!
Als sich mit dem Hamster nichts tat, legte sie ihn behutsam zurück und sagte:
„Du ... das macht nichts."
„Was denn?" fragte ich verdattert, ohne zu kapieren, was sie meinte.
„Du weißt schon ...", sagte sie und wurde offensichtlich etwas verlegen, sie stand nämlich auf und entfernte sich vom Bett. Ich ahnte, daß sie ihr Kleid wieder anzog.
„Äh ... ja, tut mir leid, aber ich, ja ...", stotterte ich, als ich endlich betreten einsah, was sie meinte.
Dann stemmte ich mich mit den Füßen und Schultern gegen die Matratze, hob den Unterleib in einem Bogen an und zog rasch das Unterhosen-Hosenpaket rauf. Ich knöpfte den Knopf zu und zog den Reißverschluß am Hosenladen hoch.
„Aber du brauchst dich doch nicht zu entschuldigen", sagte sie, und ihre Stimme klang dabei sehr aufrichtig, „überhaupt nicht."
„Doch, doch, es ist ja meine Schuld", murmelte ich und setzte mich hin.
„Nein, wirklich nicht", sagte sie und kam her und setzte sich dicht neben mich. „Wenn überhaupt, dann ist es meine Schuld. Normalerweise benehme ich mich nämlich nicht so. Ich hab einfach durchgedreht. Also bilde dir jetzt nur nicht ein, daß du etwas falsch gemacht hast."
Sie verstummte und starrte auf den Boden. Da saßen wir

nun: mit zerzausten Haaren und verrutschten Kleidern. Ziemlich lang sagten wir beide nichts, sondern studierten voller Interesse das Muster des Teppichbodens.
„Alles Quatsch“, sagte sie plötzlich, seufzte und holte tief Luft. Dann legte sie den Arm um meine eingesunkenen Schultern und drückte mir einen sehr schwesterlichen feuchten Schmatz auf die Wange.
„So, jetzt vergessen wir das einfach“, sagte sie mit einem breiten Lächeln. „Wollen wir runtergehen und tanzen?“
„Tanzen??!!“
Was zum Teufel sagt die Person eigentlich, dachte ich, die ist wohl nicht ganz dicht. Hier sitze ich und habe die schlimmste Katastrophe, die allergrausamste, bitterste Niederlage in my life so far erlebt, und da besitzt sie die Unverfrorenheit, mir vorzuschlagen, daß wir tanzen sollen!
„Wir können ja versuchen, Patrick zu finden“, fügte sie hinzu.
„Patrick? Welchen Patrick?“
„Meinen Bruder, hab ich doch schon gesagt. Vielleicht weiß er, ob Kim heute abend hier war.“
Kim, dachte ich, Kim! Und wieder wurde mir lavamäßig heiß und regenwaldmäßig feucht. Demnächst schnapp ich über, das steht fest. Stop it! schrien die Gedanken, tu was, tu was!
„Übrigens“, fuhr Rosita fort, „wie war doch gleich dein Name?“
„Wieso, was, mein Name?“
„Ja, wie heißt du?“
Ich schüttelte den Kopf, der dadurch auch nicht klarer wurde. Ich mußte feststellen, daß die Weltuntergangskatastrophe, die mich soeben heimgesucht hatte, mich keineswegs ernüchtert hatte, im Gegenteil – ich fühlte mich nur noch betrunkener.
„Ich heiße Kimberley“, sagte ich.
„Was?“

„Kimberley“, wiederholte ich mit schwermütigem Ernst. „Helmut Pontius Kimberley.“

„Du spinnst ja“, kicherte sie.

„Doch wirklich“, sagte ich. „Aber wenn ich ganz ehrlich sein soll, habe ich gelogen. Wenn ich ehrlich sein soll, heiße ich Lennart Cohen, von Beruf bin ich Troubadur-und-moll, besonders bekannt durch mein Schmalzundschluchzgeschnulze. Soeben hat mich die Inspiration geküßt, daher muß ich sofort loszischen und einen Song schreiben, der ‚The Impotence of Being Ernest Hemingway‘ heißen wird.“

Ihr Kichern wurde immer heftiger und ging in ein ansteckendes Gelächter über.

Ich spürte, wie meine Mundwinkel zu zucken begannen.

„Doch das entspricht natürlich auch nicht der Wahrheit“, fuhr ich todernst fort und stand auf. Ich umrundete das Bett, holte die halbvolle Chevaliers de Malte-Flasche und hob sie in einer zuprostenden Geste hoch.

„In Wirklichkeit“, dröhnte ich, „in Wirklichkeit heiße ich...“ Ich legte eine Kunstpause ein und blickte auf Rosita hinunter. Sie hatte sich lachend auf dem Rücken quer übers Bett gelegt und sah von unten zu mir hoch. Mein Blick wanderte zur Spalte zwischen ihren Brüsten, die ebenfalls, genau wie die ganze Person, von blubberndem, immer wilderem Gelächter vibrierten und zitterten.

„Nun, edle Dame, in Wirklichkeit heiße ich Bond, Indiana James Jones Bond, und im Namen Ihrer Majestät taufe ich dich hiermit Carmencita Miss Solarium Modesty Blaise Pussychampagner – du bist the Rise and Fall of my Life.“

Damit führte ich die Flasche langsam auf sie zu. Sie begriff gleich, was ich vorhatte, das hatte aber nur zur Folge, daß sie noch heftiger lachen mußte. Trotzdem gelang es ihr, den Sektstrahl, den ich ausgoß, mit gespitzten Lippen aufzufangen. Doch schließlich mußte sie vor Lachen so prusten, daß sie in ihrer liegenden Haltung unmöglich schlucken konnte. Also spritzte der Sekt jetzt in einer breiten Kaskade aus ihrem Mund hoch und ergoß sich über mich.

Das war sozusagen der Tropfen. Danach konnte ich einfach nicht aufhören.

Ich schüttete den restlichen Inhalt der Flasche über sie – über ihre Haare, ihr Gesicht, zwischen ihre Brüste. Sie lachte immer hysterischer und rollte sich in dem halbherzigen Versuch, der Dusche zu entkommen, hin und her.

Als die Flasche ganz leer war, schüttelte ich die allerletzten Tropfen aus und machte gleichzeitig das Kreuzzeichen über Rositas Körper. Dazu psalmodierte ich mit tiefer Stimme:

„In the name of the bodynamnam, the horny soul and the Spiritus – bless you."

Danach explodierte die Welt in dröhnendes Gelächter, ich fiel kopfüber neben Rosita auf die Matratze, und das ganze Bett vibrierte von unserem krampfhaftem Wiehern.

21

Dann explodierte die Welt ein zweites Mal. Aber nicht vor Gelächter. Dies war eine ganz andere Art von Explosion. Als der Lärm einigermaßen nachgelassen hatte, begriff ich, was passiert sein mußte: direkt über meinen Augenbrauen war der Felsgrund gesprengt worden, und jetzt wurden Pfähle in meine Schläfen gerammt, während etwas weiter hinten mit Hilfe einer riesigen Eisenkugel Hochhäuser abgerissen wurden.

Mir scheint, ich bin aufgewacht, dachte ich.

Dann wurde mir am ganzen Körper heiß – von der Stirn bis an die Zehen. Ich errötete vor Scham, Reue, Unbehagen und noch einmal vor Scham. Es war widerlich.

Außerdem war mir speiübel.

Ich war entsetzlich seekrank, die Kabine schaukelte wie wild. Bald würde das Schiff kentern, davon war ich überzeugt.

Verdammt, verflucht und zugenäht! O Jammer über Jammer. Quel Scandale!

Seltsamerweise hatte ich das Gefühl, untreu gewesen zu sein. Kim gegenüber. Und das war natürlich albern, wenigstens versuchte ich, mir das einzureden. Erstens war ja überhaupt nichts passiert (obwohl es an Haarspalterei grenzte, in diesem Fall festzustellen, wo die Untreue begann), und zweitens wußte ja Kim nicht einmal, wer ich war.

Ich stolperte auf die Toilette und schluckte zwei Aspirin. Nachdem ich eine Welle von Übelkeit bekämpft hatte, stolperte ich in mein Zimmer zurück, kroch wieder ins Bett und zog mir die Decke über den Kopf. Mit peinlicher Deutlichkeit erinnerte ich mich plötzlich daran, daß ich direkt neben dem Bahnhof Djursholms Ösby einen Busch vollgespien hatte, während ich auf den Zug gewartet hatte.

Allmählich fiel mir auch wieder ein, wie Rosita sich nach unserem Bacchanal schließlich abgetrocknet hatte und mit mir hinausgetaumelt war, um noch mehr Schampus zu trinken. Dabei hatten wir weiterhin gelacht wie die Irren, während ich Hohlkopf einen dämlichen Witz nach dem anderen riß.

Irgendwann hatte Rosita gesagt:

„So, jetzt gehen wir runter und tanzen."

„Machen wir", nickte ich, „jetzt wird getanzt!"

Dann sang ich gröhlend:

„Put on your red shoes and dance the blues!"

„Prima Idee", sagte sie und richtete sich auf unsicheren Beinen auf. Sie steuerte auf ihr Zimmer zu, blieb in der Türöffnung stehen und drehte sich um:

„Ich hol sie", erklärte sie.

„Welche sie? Die sieben Zwerge?"

„Die Schuhe", sagte sie, „die roten Schuhe!"

„Super! Let's dance!" brüllte ich.

Kaum war sie in ihrem Zimmer verschwunden, hörte ich auf zu lachen. Was zum Teufel tu ich hier eigentlich, dachte ich und stellte die halbleere Flasche auf den Boden. Ich stand auf, ging rasch an Rositas Tür vorbei und schwankte die Treppe runter.

Irgendwie landete ich in einem Zug, der in die richtige Richtung fuhr, und auf wundersame Weise war es mir danach gelungen, den Weg nach Hause zu finden, die Haustür und anschließend die Wohnungstür zu öffnen und in mein Zimmer zu schleichen.

Bereits bevor ich aufs Bett knallte, war ich total weg.

Jetzt zog ich Unterhosen und Jeans an, ging wieder auf die Toilette und pinkelte. Aber ich schaffte es, nicht zu kotzen – voilà!

„GUTEN MORGEN!!!" brüllte Tante Agnes, als ich in die Küche kam.

„Guten Morgen", knurrte ich gedämpft.

„JA, JA, SO KANN'S GEHEN!!"

schrie sie und lächelte.

Warum schreit sie nur so, dachte ich, das tut sie doch sonst nicht.
„Wieso?"
„NACH FEUCHTER NACHT HAT NOCH NIEMAND GELACHT!"
„Hmmm", knurrte ich und sah ein, daß sie ja gar nicht schrie – es war nur mein Kopf, der es so interpretierte.
„Ja, genau", sagte sie, „hmm, hmm. Du scheinst dich nicht besonders wohl zu fühlen, was?"
„So, nicht?" fragte ich angestrengt.
„Nein, ganz und gar nicht. Was du brauchst, das ist ein ordentliches Frühstück – und das werd ich dir jetzt machen."
Der bloße Gedanke an Essen ließ meinen leeren Magen Purzelbäume schlagen.
„Hast du dich amüsiert?" stichelte Tante Agnes.
„Doch, schon", murmelte ich und setzte mich an den Küchentisch.
„Na, dann ist es ja gut", sagte sie, und ich bildete mir ein, einen leicht sarkastischen Klang aus ihren Worten herauszuhören.
Ich zog das Svenska Dagbladet zu mir her und blätterte lustlos die Nachrichtenseiten durch. Tante Agnes holte Schinken, zwei große Eier, Butter und Milch aus dem Kühlschrank.
„An solchen Tagen ist Milch das einzig Wahre", sagte sie und stellte die Packung auf den Tisch. „Das hat Bertil immer behauptet. Und er hatte recht – das weiß ich, weil ich es selbst ein paarmal ausprobiert habe, als ich in derselben Lage war wie du jetzt. Hier, trink jetzt gleich ein großes Glas, das tut gut. Milch stabilisiert den Magen."
„Ja, ja", stöhnte ich.
Während ich das ekelerregende weiße Getränk runterwürgte, las ich einen Teil der Schlagzeilen.
If you can't bring me good news, don't bring me any.
Auf der vorletzten Seite linste ich den Wetterbericht durch.

If you can't bring me good weather, don't bring me any...
Aus reinem Zufall (oder aus reinem Schicksal oder aus dem Willen eines reinen Gottes oder aus was für einem Grund auch immer – das erfährt man ja immer erst, wenn es viel zu spät ist) glitt mein Blick nach links, wo die „Familienanzeigen“ vorherrschten.
Sofort blieben meine Augen an einem Namen hängen, der mir inzwischen vertrauter war als mein eigener.
Ja, doch, ihr habt ganz richtig getippt:
KIM
stand da. In Großbuchstaben. Darüber stand der Name Birgitta, auch in Großbuchstaben.
Ich irrte mit dem Blick umher und sah schließlich, was es war – es war eine Todesanzeige.
Die Todesanzeige teilte mit, daß MAGNUS SANDELL vor ungefähr einer Woche gestorben war. Er war neunundvierzig Jahre alt geworden. Unter seinem Namen und dem Geburts- und Todesdatum standen die Namen BIRGITTA, KIM, ROBERT UND EVA.
Ganz unten stand noch folgendes:
„Die Beisetzung findet in aller Stille statt. Anstelle von Kränzen und Blumen würden wir uns über eine Spende auf das Konto der Krebshilfe P 90 1951-4 freuen.“
Magnus Sandell??!!
War das etwa ihr Vater? Oder?
Und wenn, wie ging es Kim dann jetzt? War das der Grund, warum sie nicht auf dem Fest gewesen war?
„Aber was ist denn mit dir los? Du bist ja ganz leichenblaß!“ rief Tante Agnes aus, ohne zu ahnen, wie treffend ihre Bemerkung war.
Innerhalb einer Tausendstel Sekunde hatte ich mich von meinem Kater erholt.
Was soll ich nur tun, dachte ich, ich muß was tun, ich muß ganz einfach etwas tun. Aber was?
Ich hielt das leergetrunkene Glas krampfhaft fest und starrte wie gelähmt die Todesanzeige an.

„Was ist denn?“ fragte Tante Agnes und stellte einen Teller vor mich hin, der bis an den Rand gefüllt war mit gebratenem Schinken, zwei gebratenen Eiern, ein paar Stückchen Broccoli, rohgeriebenen Möhren, Tomatenscheiben und in Streifen geschnittenem Eisbergsalat.
„Äh...“
brachte ich heraus und zwang mich dazu, den Blick von der Zeitungsseite zu lösen.
„Ist es jemand, den du kennst?“ fragte Tante Agnes vorsichtig, als sie entdeckte, daß ich die Todesanzeigen anstarrte.
„Äh, nein, oder – doch, irgendwie schon“, stotterte ich.
„Iß jetzt“, sagte sie energisch. „Los, iß!“
Ich aß.
Es schmeckte unbeschreiblich gut, einfach himmlisch! Ich spachtelte alles restlos in mich rein, ohne einen Schluck zu trinken.
Was mach ich nur? dachte ich.
Dann dachte ich: wenn ich diese Todesanzeige NICHT gesehen hätte, würde ich jetzt nicht hiersitzen und denken, daß ich etwas tun müßte. Und überhaupt – warum mußte ich denn prompt was tun? Nur weil Kims wer auch immer – Vater, Bruder, Großvater, Vetter oder Onkel – gestorben war? Das war doch irgendwie unsinnig.
Dennoch hatte ich dieses Gefühl – daß ich etwas tun müßte.
Auf jeden Fall hatte diese Anzeige eine sehr eigenartige Wirkung auf mich. Ich bildete mir plötzlich ein, daß es nur noch eine Frage der Zeit wäre, bis ich eines Morgens die Zeitung aufschlagen und lesen würde, daß Kim ebenfalls gestorben sei... Also, bitte, wenn das nicht makaber war, was dann? Und daher mußte ich jetzt Dampf machen, Kim durfte doch nicht sterben, bevor ich ihr erzählt hatte, wie sehr ich sie liebte und wie schön ich ihren Popo fand.
Unversehens hatte ich wieder einen dieser großen,

schweren Steine im Magen, die mir meine Eingeweide zermalmten.

Eine neue Sorge begann, mich zu quälen – wenn ich jetzt sterbe, bevor Kim überhaupt weiß, wer ich bin? Dann kann sie ja gar nicht um mich trauern.

Der Tod ist eine seltsame Einrichtung, dachte ich dann.

Verglichen womit? stellte ich die Gegenfrage.

Na, die Antwort ist wohl, daß der Tod verglichen mit dem Leben eine seltsame Einrichtung ist, was wiederum zur Schlußfolgerung führt, daß das Leben eine seltsame Einrichtung ist, wenn man es mit dem Tod vergleicht. Was sagt ihr dazu? Kommt ihr überhaupt noch mit??

Ich muß etwas tun.

Logisch – aber was?

Weiß nicht, aber ich muß was tun.

Die Zeit drängt.

„Na, das scheint aber geschmeckt zu haben", sagte Tante Agnes, als sie sich vom Abwasch, den sie inzwischen in Angriff genommen hatte, umdrehte.

„Und ob!" sagte ich.

„Was war denn los? Was hast du da in der Zeitung gesehen?"

„Öh, nein, es war nichts."

„Aha, ‚nichts'", sie zuckte die Schultern. „Na ja, wenn du es nicht erzählen willst, dann willst du es eben nicht, ich werde dich nicht zwingen."

Genau das ist ja der Grund, warum ich dich so mag, dachte ich, sagte es aber nicht. Statt dessen ging ich zu ihr hin und umarmte sie fest.

Vor lauter Verblüffung ließ sie sowohl Teller als auch Spülbürste fallen und schrie überrascht auf.

Ich war selbst beinahe genauso überrascht.

„Ich hab eine Todesanzeige gesehen", erklärte ich. „Es war eine Todesanzeige."

„Ja, das hab ich gemerkt", sagte Tante Agnes lächelnd und versuchte, sich nach der großen Umarmung wieder

zu fassen. Sie steckte die Hände in den Spülschaum und suchte unter Wasser nach der Spülbürste.
„Aber es sah eher aus, als hättest du deine eigene Todesanzeige gelesen“, fügte sie hinzu.
„Irgendwie hab ich das vielleicht auch getan“, sagte ich und ging aus der Küche.
„Was redest du denn da“, hörte ich Tante Agnes mit einem kurzen Lachen sagen.
Ich ging in mein Zimmer und zog mich an. Dabei überlegte ich, was das wohl für ein Gefühl sein mochte, wenn jemand aus der Familie gestorben war. Ich versuchte, mir vorzustellen, daß mein Vater soeben gestorben sei.
Null Gefühl.
Rindvieh, dacht ich, so etwas kann man sich natürlich nicht vorstellen.
Dann werd ich eben Kim fragen müssen. Ha, ha.
Nein, aber jetzt mal im Ernst – was soll ich tun?
Wie soll ich das wissen?
Ich muß was tun.
Warum denn?
Es ist einfach notwendig. Absolut notwendig, begreifst du das nicht? Angenommen, ich sterbe heute abend und habe nichts getan – stell dir mal diese Pleite vor.
Ich hab gedacht, du wärst unsterblich?
Das hab ich auch geglaubt – aber ganz sicher kann man ja nie sein...

22

Das Wochenende quälte sich dahin. Ich weiß nicht, wie oft ich in den Flur ging und das Telefon anstarrte, es geradezu zu hypnotisieren versuchte. Ich peilte den schwarzen Apparat an und paffte dabei einen Glimmstengel nach dem anderen. Er sagte keinen Ton. Er wurde nicht mal rot, stand einfach da.

Genau wie ich.

Natürlich ging mir dabei jede Menge Blödsinn durch den Kopf. Es ließ sich nicht aufhalten, die Gedanken quollen hervor, und ich konnte ihnen nicht entkommen, wie sehr ich es auch versuchte. Wenn es wenigstens konstruktive, gute Gedanken gewesen wären, aber davon konnte keine Rede sein. Nichts als wiederkäuende, sinnlose Ramschgedanken, die ich ewig hin- und herwendete.

Ich half Tante Agnes beim Kochen. Ich futterte. Ich ging spazieren. Ich unterhielt mich mit Tante Agnes über Gott und die Welt. Ich pennte. Ich blätterte in Zeitungen. Ich ging ins Kino und sah Indiana Jones und der Tempel des Todes zum drittenmal. Ich aß einen Big Mac im McDonalds und fühlte mich echt verkorkst – mindestens so verkorkst wie der Hamburger. Ich lief in meinem Zimmer im Kreis herum. Ich wichste und dachte dabei zum erstenmal an Kim. Komisch, ich stellte mir nämlich nicht ihren Körper vor – nein, ich dachte an ihre Augen. Mir ging auf, daß ihre Augen unerhört sexy waren, und der Gedanke an ihre Augen machte mich geiler, als ich je gewesen war.

Am Sonntag abend saßen Tante Agnes und ich vor der Glotze, tranken Kaffee und aßen duftenden Zitronenkuchen. Auf der Mattscheibe wurden Gräßlichkeiten aus aller Welt vorgeführt. Der Nachrichtensprecher schnarrte makabre Einzelheiten über Krieg und Elend und Hunger und Elend und Haushaltsdefizite und Elend und Gewalt und Elend. Schließlich kam das Thema Kernkraft an die Reihe. Offensichtlich war irgendwo in der Sowjetunion ein Leck aufgetreten. Who cares? Wenn ich vor dem Weltuntergang nur noch die Gelegenheit finde, Kim zu sagen, daß sie die aufregendsten Augen hat, die ich je gesehen habe...

Die Nachrichten waren zu Ende, und eine amerikanische Serie, die bereits im fünften Jahr lief, rasselte mit dem üblichen schmalzigen Leitmotiv los. Immer derselbe Schwachsinn, ihr wißt schon: Der Machtkrampf auf Falcon Pest, Knallas und Pennver und so...

Und schließlich wurde es Montag. Doch, tatsächlich. Und getan hatte ich nichts. Überhaupt kein verdammtes Bißchen. Kein einziges Mal angerufen, obwohl ich unzählige Male versucht hatte, mich dazu zu überreden.

Ich radelte wie üblich zur Schule, umrundete den Schulhof und parkte in Kims Fahrradgestell. Langsam schlenderte ich die Treppe hinauf und sah mich unauffällig um. Keine Kim.

Drin im hallenden Treppenhaus lehnte Kims Freundin am Treppengeländer und kaute voller Inbrunst Kaugummi. Als ich hereinkam, starrte sie mich hartnäckig an.

Mir wurde vor Unbehagen ganz kalt. Ich konnte sie nicht leiden. Sie sah gefährlich aus.

Der Unterricht hatte ungefähr die gleiche Wirkung auf mich wie Wasser auf eine Ente. Ich hörte kaum etwas von dem, was gesagt wurde, glaube aber nicht, daß ich viel versäumte. Der Käse, den die Lehrer verzapften, interessierte mich an diesem Vormittag nicht die Bohne – was gingen mich Könige, Gesellschaftsstrukturen, Religionen, Akkordanalysen, Kontrapunktlehre and what have you an.

In der Mittagspause holte Roffe mich draußen auf der Treppe ein.

„Mensch, dich zu erwischen ist aber ein echtes Kunststück!“ keuchte er.
„Mich?“ antwortete ich mit gespielter Verständnislosigkeit.
„Nein, Leonard Bernstein“, grinste er.
„Ach, der“, sagte ich, „hast du's schon mal bei CBS in New York probiert?“
„Mann, halt die Klappe. Hast du Lust, irgendwo in der Stadt was zu essen?“
„In einer Kneipe?“
„Ja, lieber als in der stinkigen Abfütterungsanstalt da drüben“, sagte er und nickte zu dem niedrigen barackenähnlichen Gebäude hinüber, in dem der Speisesaal untergebracht war.
Ich zögerte kurz. Die Essenschlange in der Mittagspause war sonst immer eine gute Gelegenheit, Kim beim Anstehen in aller Ruhe anschauen zu können. Daher strebte ich eigentlich so schnell wie möglich dorthin.
Aber – vielleicht war sie ja gar nicht in der Schule, vielleicht war sie daheim und trauerte? Oder vielleicht hatte sie frei genommen, um irgendwohin zu verreisen? Allerdings wohl kaum, bevor Magnus unter die Erde gekommen war...
„Also, von mir aus“, sagte ich lahm.
„Mann, du klingst ja ehrlich begeistert“, sagte Roffe. „Los, komm, wir gehen ins Riche.“
„Ins Riche?“
„Ja, ins Riche, in die Bar.“
„Lassen sie uns dort überhaupt rein?“
„Klar kommen wir da rein, womit denkst du eigentlich, mit dem Schwanz?“
„Dann wär ich bestimmt nicht so dämlich“, sagte ich grinsend.
Wir nahmen die U-Bahn nach Östermalmstorg. Roffe lotste mich ins Riche, wo ich bisher noch nie gewesen war. In der Garderobe gaben wir unsere Trenchcoats ab und ernteten dabei gütige Blicke von einer Garderoben-

frau, die sich zu fragen schien, aus welchem Kinderheim wir wohl ausgerissen waren.
Aber unseren Lunch bekamen wir ohne Schwierigkeiten, ja, sogar je ein Glas Spendrups Old Gold.
„Na, was macht die Musik zu unserer Nummer?"
„Hm, doch, wird schon, wart's nur ab" sagte Roffe, und ich konnte es seiner Stimme anhören, daß er keine Lust hatte, auf dieses Thema einzugehen.
„Kennst du jemand, der gestorben ist?" fragte ich dann.
„Jemand, der gestorben ist?" fragte er verblüfft zurück.
„Ja, kennst du jemand?"
Roffe schüttelte langsam den Kopf und machte ein Gesicht, als versuchte er, gründlich nachzudenken – als ob er schon sehr lange auf der Welt wäre.
Eine Kellnerin, die nicht viel älter als wir zu sein schien, brachte das Essen. Sie hatte rabenschwarze Haare, die zu einer Igelfrisur nach oben gekämmt waren.
Als sie einen Teller Lasagne vor Roffe hinstellte und mir einen Teller Stroganoff, wurde mir plötzlich ganz eiskalt – mir war eingefallen, daß ich kaum fünfzig Kronen in der Brieftasche hatte.
„Hast du Geld?" fragte ich vorsichtig, nachdem die Kellnerin verschwunden war.
Roffe nickte und trank einen Schluck Bier.
„Don't worry", sagte er, „mein Vater hat mir gerade mein Monatsgeld geschickt."
„Geschickt", dachte ich. Komisch. Warum hat er es ihm nicht einfach gegeben? Waren seine Eltern geschieden? Davon hatte ich keine Ahnung. Ich sah ein, wie wenig ich Roffe im Laufe der Monate kennengelernt hatte.
Und dich hat er ja auch nicht viel besser kennengelernt, fügte ich in Gedanken hinzu.
Stimmt, gab ich zu.
„Also, was wolltest du wissen?" fragte er und kaute nachdenklich.

„Kennst du jemand, der gestorben ist?"
„Nein." Er schüttelte den Kopf. „Eigentlich nicht."
„Eigentlich nicht?"
„Ja, genau. Meine Großmutter starb vor ein paar Jahren, aber ich kannte sie kaum und war nicht einmal auf ihrer Beerdigung."
„Warum nicht?"
„Sie wurde in Nizza beerdigt."
„In Nizza?"
Er nickte und lächelte verschmitzt.
„Ganz genau. In Nizza, an der Riviera."
„Wahnsinn", sagte ich und stocherte in meinem Stroganoff, das nicht sehr nach Stroganoff schmeckte, dafür war der Koch viel zu großzügig mit dem Tomatenpuree umgegangen. In ein richtiges Stroganoff gehört überhaupt kein Tomatenpuree, das hat Tante Agnes mir beigebracht. Nein, in ein richtiges Stroganoff kommt nur Senf – jawohl! Das Stroganoff von Riches war an und für sich nicht schlecht, nur war es eher eine Art Gulasch als Stroganoff.
„Ja, nicht wahr", sagte Roffe. „Leider" (er schlug sich theatralisch an die Stirn) „war sie nicht steinreich, und ich hab keinen Pfennig von ihr geerbt. Sie hat alles Geld verspielt, das Großvater zusammengekratzt hatte."
„Verspielt?"
„Ja, im Kasino von Monte Carlo."
„Du willst mich wohl verarschen, das klingt ja wie aus einem Film!"
„Nein, ehrlich, es stimmt tatsächlich."
Als es auf halb eins zuging, begann die Bar, sich rasch zu füllen. Meistens Typen so um die Dreißig, alle im Anzug. Das einzige, was sie unterschied, waren die Krawatten, eine schlimmer als die andere.
„Und warum?" fragte Roffe.
„Was – warum?"
„Warum wolltest du wissen, ob ich jemand kenne, der gestorben ist?"

Ich zuckte die Schultern.
„Na ja, nur so halt."
„Aha, nur so halt – yeah sure –, einfach so, damit die Konversation nicht einschläft, was? Das werd ich mir merken, wenn ich nächstesmal zur Berufsberatung muß. ‚Kennen Sie jemand, der gestorben ist?' frag ich dann und lächle die Tante leutselig an."
Ich dämpfte mein Gelächter mit einer neuen Ladung Stroganoff.
„Nein, im Ernst", beharrte er, „warum fragst du?"
„Ich kenn da ein Mädchen, die, äh, ihr Vater ist soeben gestorben, und da wollte ich nur wissen ... na ja, du weißt schon – irgendwie kann man sich das nur schwer vorstellen."
„Ja, scheußliche Sache", sagte er und nahm einen Schluck Old Gold. „Aber", fügte er nachdenklich hinzu, „eigentlich sterben die Leute doch die ganze Zeit, also dürfte es einen doch gar nicht so sehr schocken."
„Nein, eigentlich nicht", stimmte ich zu, „aber das tut es natürlich trotzdem."
„Der schlimmste Schock ist wahrscheinlich, wenn man selbst stirbt."
„Glaubst du?"
„Weiß nicht." Er zuckte die Schultern und grinste. „Vielleicht spürt man ja gar nichts?"
„Mich darfst du nicht fragen", sagte ich.
„Nein, mich auch nicht."
„Ob man wohl weiß, daß man gestorben ist?"
„Glaub ich nicht", sagte Roffe entschieden.
„Du meinst also, wenn es vorbei ist, ist es finito?"
„Genau. Alles andere würde mich schwer wundern. Und ich finde, damit läßt sich ganz gut leben – ist doch eine brauchbare Annahme, daß alles danach zu Ende ist."
„Wieso?"
„Wenn es aus und vorbei ist, ist es eben aus und vorbei, also sollte man jetzt so intensiv wie möglich leben, eine zweite Chance kriegt man nicht."

„You only live once."
„Exactly."
Er grinste mich an und steckte sich eine Gauloise an.
Worauf warte ich eigentlich, dachte ich. Er hat ja ganz recht. Ich habe nur ein einziges Leben, warum wage ich dann nicht einmal, dieses kurze Stück zu leben? *Gerade jetzt?* Warum wage ich es nicht, Kim anzurufen? Das ist ja absurd!
Wir blieben noch ein paar Stunden im Riche hocken. Die Krawattenträger verkrümelten sich nach und nach, um wieder ihren Aktiengeschäften nachzugehen. An ihrer Stelle füllten immer jüngere Gäste das Lokal, viele von ihnen in dreckigen Jeans und gut frisierten unfrisierten Haaren, wenn ihr versteht, was ich meine.
Anschließend fuhr ich direkt nach Hause und ließ wieder zwei Englischstunden sausen. Daheim stellte ich erfreut fest, daß Tante Agnes ausgegangen war. Ich holte das Telefonbuch und mußte ziemlich lange blättern, bis ich das fand, was ich suchte.
Dann rief ich an.
Aber nicht bei Kim.
Nein, ich rief bei der Gemeindeverwaltung Täby an.
„Gemeindeverwaltung Täby", zwitscherte eine muntere Frauenstimme.
„Tag", sagte ich mit meiner Erwachsenenstimme. „Mein Name ist Alexander Danielson. Können Sie mir mitteilen, wo und wann Magnus Sandell beerdigt wird?"
„Aha. Sie wollen wohl Blumen schicken oder so", erklärte sie sich meine Frage selbst.
„Ja, genau", sagte ich.
„Bitte, wenn Sie einen Augenblick warten wollen." Dann klickte es im Hörer.
Ich wurde hin und her verbunden, dann tutete es, noch ein paar Kreuz- und Querverbindungen, und schließlich meldete sich eine andere, etwas ältere Frauenstimme. Ich wiederholte mein Anliegen.
„Einen Augenblick", sagte sie, dann klickte es wieder.

Ich wartete.
Wahrscheinlich war es verboten, solche Informationen weiterzugeben. Wenn man schon in die Zeitung setzt, daß die Beisetzung in „aller Stille“ stattfindet, wünscht man natürlich nicht, daß jeder hergelaufene Typ alle Einzelheiten erfährt, vielleicht will man ja auch alten Feinden oder so aus dem Weg gehen...
Hm, ja, genauso wird's sein, dachte ich resigniert und wollte schon die Hoffnung aufgeben, je in Erfahrung bringen zu können, wo Magnus Sandell verbuddelt werden sollte. Ich begann, mein idiotisches Unternehmen zu bereuen.
Da klickte es im Hörer.
„Hallo, bitte entschuldigen Sie, daß es gedauert hat. Hier haben wir es: Die Beerdigung findet in der Kirche von Danderyd statt, am kommenden Dienstag um zwölf Uhr.“
„Das heißt, morgen?“
„Ja, ja, genau das, ganz genau, morgen.“
„Wie schön“, sagte ich und merkte sofort, wie unpassend das klang. „Besten Dank.“ Damit legte ich den Hörer auf.
Was treibst du da eigentlich? fragte ich mich selbst.
Weiß nicht, antwortete ich aufrichtig. Hab nicht die blasseste Ahnung. Aber auf jeden Fall geh ich morgen auf eine Beerdigung.

23

Das erste, was ich hörte, als ich aufwachte, war nicht Tante Agnes, die an die Tür klopfte und rief, daß ich aufwachen müsse. Nein, das allererste, was ich hörte, als ich aus dem dunklen Niemandsland des Schlafes wiederkehrte, war folgendes:
„Du bist eine verdammte Matschpflaume, damit du's nur weißt! Eine faulige alte Matschpflaume, das steht fest. A complete fruitcake."
Als ich „fruitcake" hörte, wußte ich sofort, wer es war, der da auf mich einredete.
„Du hast also vor, dich heute bei einer Beerdigung aufzudrängen?" fuhr dieselbe Stimme fort. „Unbelievable. Und wozu? Was zum Teufel hast du dort verloren? Wie hast du dir das eigentlich vorgestellt, willst du dort eine Predigt halten? Vorne am Altar Zauberkunststücke vorführen? Beim Zuschaufeln des Grabes zur Hand gehen? Du tickst wohl nicht mehr ganz richtig, was? Bist noch nie auf einer Beerdigung gewesen, hast ja keine Ahnung, was da so läuft. Was glaubst du wohl, wie die Leute das finden, wenn da so ein total stranger einfach mitten in ihre Zeremonie gestiefelt kommt? Du wirst dich unsterblich blamieren. Weißt du etwa, wie die Leute dort – und vor allem KIM, mind you – das auffassen werden?"
„Nein, weiß ich nicht", gab ich leicht beschämt zu.
„Na, bitte!"
Ich schlug die Augen auf, aber das machte keinen Unterschied – es blieb unverändert dunkel. Mist, dachte ich, es ist noch mitten in der Nacht, in the middle of the night – shit! Ich fühlte, wie die alte Angst vor der Dunkelheit angekrochen kam. Ich tastete nach meiner Uhr, fand sie und entzifferte dank der selbstleuchtenden Zahlen, daß es nicht mitten in der Nacht war, sondern schon fast

Morgen. In zwanzig Minuten würde Tante Agnes an die Tür klopfen.
Ich seufzte. Ein tiefer Seufzer, ihr wißt schon – ein richtiger Abgrundseufzer.
Wenn ich nur jemand gehabt hätte, mit dem ich hätte reden können. Jemand, der das, was ich sagte, ernst nahm und Antworten oder wenigstens ein paar Ratschläge parat hätte.
Wer könnte das sein?
Stimmt genau: es gab niemand. Das war die bittere, wenn auch nicht eben neue Wahrheit. So war es nun einmal: wenn man in meinem Alter ist, kümmert sich kein Schwein um einen.
O nein, die Jahre, die so schön sachlich als „Pubertät" bezeichnet werden, die muß man so gut es geht ganz allein durchstehen.
Solange man klein ist, sind die Eltern jederzeit für einen da und umsorgen einen von früh bis spät. Allzeit bereit erkundigen sie sich pausenlos, wie es einem geht und worüber man sich gerade den Kopf zerbricht und ob man sich was wünscht und wovor man sich fürchtet und so on.
Aber kaum hat man seine erste Erektion und macht eines Nachts während irgendeines wild wet dreams sein erstes Leintuch naß, könnte man genausogut ein Pestkranker sein. Da wird man total im Stich gelassen, während die Umgebung von einem erwartet, daß man mit allen Problemen selbst fertig wird. Wenn man die Probleme dann tatsächlich anpackt, erwartet die Umgebung aber gleichzeitig, daß alles sofort schiefgeht.
Man ist wie ein Aussätziger – kein Mensch mag einen anfassen, niemand spricht mit einem.
Wie ein wildgewordener Jojo wird man zwischen zwei verschiedenen Räumen hin- und hergeworfen. Im einen Moment heißt es, man sei „erwachsen" und so könne man sich doch wirklich nicht benehmen – im nächsten Augenblick wird man in den anderen Raum geschleu-

dert, wo man zu hören bekommt, man brauche sich nicht einzubilden, daß man sich alles erlauben könne, immerhin sei man ja alles andere als erwachsen...
Und dann steht man da: solo und verlassen. Man kapiert überhaupt nichts. Man versteht fast gar nichts von dem, was passiert – und im Laufe dieser Jahre passiert ja eine ganze Menge, gelinde gesagt. Es ist das totale Chaos, ein echtes Inferno.
Anfangs glaubt man natürlich, daß man irgendwie eine Macke hat, denn keiner der Erwachsenen kommt auf die Idee, einem zu erklären, daß sie selbst dasselbe Karussell mitgemacht haben. (Um einiges später geht einem dann auf, daß das der Fall gewesen sein muß – aber um einiges später kann häufig um *vieles* zu spät sein.)
Nein, die Erwachsenen schweigen hartnäckig. Kaum daß sie einem antworten, wenn man sie anspricht. Direkten Fragen begegnen sie nur mit eisigem Schweigen. Sie benehmen sich so, als würde man eine Riesenbedrohung darstellen.
Was ist nur mit ihnen los? Haben sie denn alles vergessen? Also, ich meine damit, kann es sein, daß sie ruckzuck die Zeit der „Pubertät“ vergessen, kaum daß sie die Dreißigjahresgrenze passiert haben? Es scheint fast so. Wollen sie sich vielleicht deshalb nicht daran erinnern, weil die Zeit so verdammt anstrengend war? Was ist eigentlich mit den Verwachsenen los? Wir brauchen doch Hilfe, jede Menge Hilfe, aber da können wir lange warten... Kein Ton aus dieser Richtung. Höchstens Beschimpfungen, Ermahnungen und Verbote.
Und dann wundern sie sich darüber, daß wir ihnen nicht bereitwilliger helfen, wenn sie alt und senil werden.
Unglaublich. Was haben die eigentlich im Kopf, Stroh oder was?
Manchmal hatte ich Mordsschiß davor, erwachsen zu werden, auch so zu werden – war das etwa unvermeidlich?
Soll ich Tante Agnes fragen? überlegte ich. Vielleicht

könnte sie mir wenigstens ein bißchen helfen. Doch irgendwas sträubte sich dagegen, ich weiß nicht recht, warum, aber ich war fest davon überzeugt, daß es nicht meine Schuld war. Wäre ich es gewohnt gewesen, tatsächlich Hilfe zu bekommen, wenn ich nach „heiklen" Dingen fragte – gewohnt, Antwort und Rat zu bekommen, oder wenigstens, daß jemand da war, der ernsthaft zuhörte, jemand, der nicht nur die üblichen erwachsenen Besserwisserseufzer von sich gab – dann hätte ich Tante Agnes natürlich gefragt.
Aber: „Gebranntes Kind scheut das Feuer", wie es so schön heißt. Das ist ein Sprichtwort, und wenn es etwas gibt, das die Erwachsenen lieben, abgesehen von ihren Versuchen, das Blaue vom Himmel zu lügen, dann ist es, sogenannte Sprichwörter von sich zu geben. Das mit dem gebrannten Kind bekommt man in Ermahnungszusammenhängen oft zu hören. Aber offensichtlich haben sie es selbst nie richtig begriffen.
Tante Agnes klopfte einen Trommelwirbel an die Tür.

24

Am selben Tag trabte ich Viertel vor zwölf durch das Eingangstor vom Friedhof Danderyd.
Ich war mit der U-Bahn nach Mörby gefahren und hatte mich von dort aus durchgefragt. Und das hatte beträchtliche Zeit gebraucht, weil kaum Leute unterwegs waren, die ich hätte fragen können. Und das wiederum lag am Wetter, das meinen vom Kino beeinflußten Vorstellungen nach das perfekte Beerdigungswetter sein mußte: es schüttete, ein echter Dauerregen goß herab, der angefangen hatte, als ich beim Frühstück saß.
Die Kirche von Danderyd ist eine impotente Kirche.
Weil sie nämlich keinen Kirchturm hat (ha, ha!).
In lauschiges Grün gebettet liegt sie neben ihrem kleinen Friedhof. Eine ländliche Idylle direkt neben der lärmenden, abgasschnaubenden Schnellstraße.
Ich ging suchend zwischen den Grabsteinen und den Birken umher. Die Birken hatten schon ordentlich Laub gelassen. Weit und breit kein Mensch. Ab und zu blieb ich stehen und sah mich um. Allmählich kam mir der Verdacht, ich sei auf dem verkehrten Friedhof gelandet, vielleicht gab es ja zwei! Dieser hier erschien mir reichlich klein.
Tante Agnes rotlila Schirm stellte einen interessanten Stilbruch in der Hochburg der Trauer dar. Außerdem war er undicht. Um nicht ganz durchnäßt zu werden, stellte ich mich unter eine Birke, die einen notdürftigen Schutz bot.
Da entdeckte ich sie.
Weit hinten eine kleine Gruppe Menschen unter schwarzen Schirmen. Sie standen im Kreis zusammen, als flüsterten sie miteinander, oder wie Rugbyspieler, die ihre Taktik absprachen.

Vorsichtig näherte ich mich. Insgesamt waren es acht Personen, eine davon war der Pfarrer. Ich sah, daß er heftig den Mund bewegte und ein betrübtes Gesicht machte. Und dabei war es durchaus möglich, daß er heute eigentlich quietschvergnügt war, doch das zeigte er natürlich nicht – verlogen wie alle Erwachsenen.
Und da stand sie.
Dem Pfarrer gegenüber unter einem eigenen kleinen Schirm. Sie war ganz schwarz gekleidet, allerdings mit schwarzen Jeans – das hatte dem Pfarrer bestimmt nicht gefallen. Vermutlich gefiel es ihm auch nicht, daß sie ihn nicht einmal ansah.
Kim blickte auf die Felder hinaus, die an den Friedhof grenzten. Draußen ließen ein paar durchnäßte Kühe die bedauernswerten Köpfe hängen.
Genau wie auf dem Foto im Schulkatalog, dachte ich. Kim blickt in eine andere Richtung, sie schaut nie dorthin, wo es von ihr erwartet wird. Das gefällt mir, dachte ich, das gefällt mir sehr.
Ich trat ein paar Schritte nach links, um ihr Gesicht ins Blickfeld zu bekommen.
Ich sah ihre Augen. Ihre Augen hatten keinen besonders traurigen Ausdruck, aber ich stand ja ziemlich weit entfernt und konnte mich täuschen.
Meine Knie wurden ganz zittrig.
Was zum Teufel hab ich hier eigentlich verloren? fragte ich mich immer wieder, ohne eine Antwort zu erhalten.
Ich verzog mich unter eine andere Birke, schlug den Trenchcoatkragen hoch und steckte mir eine Gauloise an.
Kim, I do not know what I am doing here.
Da entdeckte sie mich. Ihr Blick fiel plötzlich auf mich, zuerst ganz allgemein, wie Blicke es so an sich haben. Dann wanderte er zu meinem Gesicht hinauf und bohrte sich in meine Augen, wo er vor Anker ging und sich festhielt.

Aus dem einen Augenwinkel sah ich, daß der Pfarrer eine segnende Geste mit den Händen machte.
Die kleine Gruppe löste sich auf, die einzelnen Personen begannen, sich zögernd zu bewegen, als wüßten sie nicht, was jetzt von ihnen erwartet wurde.
Kim blieb als einzige ganz still stehen. Sie hatte ihren Blick immer noch in meinen Augen verankert.
Ob sie mich wohl wiedererkennt, dachte ich. Meine Wangen brannten und flammten. Meine Augen wollten nur noch eines: in eine andere Richtung schauen. Sie wollten Kims intensivem Blick ausweichen. Doch das durften sie nicht. Unter keinen Umständen. Ich wehrte mich mit aller Kraft dagegen.
Dann lächelte Kim.
Doch, ich sage die Wahrheit.
Sie lächelte mich an – ein kurzes, etwas scheues Lächeln, das mich sehr verwirrte.
Schließlich ließ sie meinen Blick los und ging langsam hinter den übrigen Trauernden her.
Der Pfarrer führte den kleinen Trupp an. Er ging neben einer Frau mit gesenktem Kopf und hielt einen Schirm schützend über sie und sich selbst. Er hielt den Schirm, als wäre der ein Kreuz, das die höheren Mächte beschwören könnte, doch die scherten sich nicht darum, sondern schütteten nur noch mehr Regen herab.
Die ganze Prozession näherte sich meinem Standort, sie würden auf dem Kiesweg direkt an mir vorüberziehen. Ich hätte mich entfernen müssen. Ich hätte mich wirklich von dort entfernen müssen, bevor sie mich sahen.
Doch das konnte ich nicht.
Meine Knie zitterten so heftig, daß sie mich kaum ein paar Meter würden tragen können, daher war ich ganz einfach gezwungen, stehenzubleiben. Die Zigarette, dachte ich, die Zigarette, du kannst schließlich nicht hier stehen und RAUCHEN, oder? Vielleicht nicht, gab ich zu und ließ sie sofort hinter meinem Rücken auf den Boden fallen, dann stellte ich den einen Fuß darauf.

Die Prozession kam näher.
Der Pfarrer unterbrach sein betrübtes, anteilnehmendes Zuhören und warf mir einen raschen, gehässigen Blick zu, der eindeutig zum Ausdruck brachte: „Was hast du hier verloren, du mieser Penner, du Kiffer und Sünder! Könnt ihr denn nicht einmal die Friedhöfe in Ruhe lassen?!"
Nach dem Ausrufezeichen widmete er der Frau an seiner Seite wieder seine Aufmerksamkeit.
Die übrigen sechs nahmen keine Notiz von mir. Sie sahen mich nicht einmal an.
Kim sah mich.
Sie war immer langsamer gegangen, so daß jetzt zwischen ihr und der Gruppe der Trauernden ein gewisser Abstand war.
Vor meiner Birke blieb sie stehen und blickte mir direkt in die Augen.
Dann machte sie ein paar Schritte und kam auf mich zu.
In diesem Augenblick setzte die Musik ein. Klaviertöne wetteiferten mit den Regentropfen, E-Baß und High-hat zauberten intensive Sambarhythmen.
Mit einer anmutigen Bewegung warf ich den Regenschirm weg, und Kim machte es mir sofort nach.
Wir begegneten uns, ich legte meine Arme um ihre Taille und drückte sie an mich, und ihre Hände begannen eifrig meinen Rücken zu erforschen.
Der Regen hüllte uns in sein kühles Tuch, während wir uns still im Sambatakt wiegten.
Doch, natürlich habt ihr recht, klar hab ich das alles erfunden, nichts davon ist passiert. In reality ging Kim an mir vorbei, aber sie schenkte mir einen langen, langen, langen Blick, der all das, was ich soeben zusammengefaselt habe, enthielt. Gemeinsam mit dem Blick überreichte sie mir auch ein erneutes scheues Lächeln.
Die Gruppe verschwand in der Kirche. Der Pfarrer schüttelte den Schirm aus, damit der Steinboden nicht

naß wurde. Kim legte das letzte Stück Weg im Laufschritt zurück und holte die anderen ein.
Hatte sie mich wiedererkannt?
Wußte sie, daß ich das war – das heißt, erkannte sie mich wieder, konnte sie mich in ihrer Erinnerung irgendwo unterbringen? Erinnerte sie sich an jenen Morgen, als ich sie am Fahrradständer erschreckt hatte?
Was weiß ich.
Ich wußte nichts.
Ich stand einfach da – im Regen, auf dem Friedhof.
What a fruitcake, hörte ich ein paar rohe Typen über mich lachen, sie hüpften in ihren Ledersesseln auf und ab, hielten sich die Bäuche und hätten fast einen Herzschlag bekommen.
Jetzt gehe ich, dachte ich.
Zu meiner großen Verwunderung tat ich das auch. Ich irrte durch die Gegend und fand nach vielem Hin und Her schließlich sogar die U-Bahnstation.

25

So, das hier verspricht, schwierig zu werden.
Das hier verspricht, geradezu ENTSETZLICH SCHWIERIG zu werden. Vermutlich ist es völlig zwecklos, es überhaupt zu versuchen – aber kleinere Einwände dieser Art haben mich natürlich noch nie abgehalten.
Das größte Problem besteht darin, daß ich mich kaum an etwas erinnern kann. Ehrlich gesagt an fast gar nichts.
An und für sich bestätigt das einen Verdacht, den ich schon immer gehabt habe: Memoiren und Autobiographien bestehen aus lauter Lügen. Ist doch logisch, da sind ja schon wieder die „Erwachsenen" am Werk und gehen ihrer Lieblingsbeschäftigung, dem Lügen, nach.
Es gibt eine Menge Autobiographien, wo endlos lange Gespräche oder Diskussionen wiedergegeben werden und zwar Wort für Wort, Satz für Satz. Dabei geht es um Gespräche, die vor zwanzig oder dreißig Jahren stattfanden und an die sich der Autor angeblich „erinnert".
So ein Nonsens!
Nichts als Bluff und Gesülze – die denken sich den ganzen Schwachsinn doch nur aus. Kein Mensch kann sich so gut an das ganze Gequassel erinnern.
Oder ich habe ein selten mieses Gedächtnis – ich kann mich nämlich kaum an irgendwelche Einzelheiten von meinem ersten Gespräch mit Kim erinnern.
Vielleicht war ich zu verwirrt, zu erschüttert, zu nervös – zu verliebt.
Trotz aller Nervosität gelang es mir also, genügend Mut aufzubringen, um anzurufen. Offensichtlich hatte ich irgendwo in meinem Inneren verborgene Reservoire voller Mut. Vielleicht haben das alle – vielleicht tragen wir alle eine unerhörte Menge Kraft, Mut und Energie in uns, von der wir keine Ahnung haben. Fragt sich nur, ob man

sich darauf verlassen kann, daß die Reservoire *tatsächlich* da sind, wenn man sie braucht. Das kann man wohl kaum. Aber diesmal existierten sie wirklich – thank God.

Auf dem Weg zu diesen geheimnisvollen Reservoiren erhielt ich unerwartete Hilfe – und zwar von Kim, aber nicht von *der* Kim.

(Jetzt seid ihr vor den Kopf geschlagen, was?)

(Genau das war auch der Sinn der Übung!)

Am Mittwoch morgen, am Tag nach The Graveyard Incident, sah ich Kim in der Schule. Sie stand auf der Treppe und unterhielt sich mit diesem Mädchen, mit dem sie immer zusammenzustecken schien.

Dieses Mädchen – Kims Freundin –, also, die machte mir Angst.

Ich weiß nicht so recht, warum, aber Tatsache ist, daß sie mir Angst machte. Und zwar sehr. Kaum sah ich sie, bekam ich eine Gänsehaut vor Angst.

Vermutlich war sie in meinen Augen eine Art Feindin.

Immerhin war sie diejenige, der Kim von mir erzählen würde, wenn ich endlich meinen faulen Hintern aus dem Sessel gebracht und angerufen hätte, nicht wahr? Und das, was sie (die Freundin) dann sagte, könnte indirekte Auswirkungen auf mich haben. Angenommen, sie (die Freundin) hielt mich für eine trübe Tasse, und angenommen sie sagte Kim das, und angenommen, sie (Kim) war momentan etwas unsicher (auch wenn ich mir das schwer vorstellen konnte) und ließ sich von ihren Ansichten (also, von denen der Freundin) beeinflussen. Na? Finito for me. Also war diese Freundin eine potentielle (das bedeutet „mögliche" – jetzt braucht ihr nicht extra aufzustehen und schon wieder das Lexikon zu holen) Feindin.

Außerdem sah sie aus wie eine totale Niete.

Warum muß das immer so sein? Wenn zwei Mädchen befreundet sind, ist die eine oft der pure Traum, während die andere mehr einer Ansammlung negativer Erwartungen gleichkommt. Ist es etwa so, daß eine, die weder außen noch innen was zu bieten hat, sich dem Traum an-

schließt, um gleichsam an der Schönheit teilzuhaben und von der Ausstrahlung zu schmarotzen? Oder ist es vielmehr so, daß der Traum eine nichtssagende, uninteressante Gefährtin vorzieht, um so jeglicher Konkurrenz aus dem Weg zu gehen? Keine Ahnung. Verhält es sich bei Jungs genauso? So habe ich bisher noch nie daran gedacht, auf die Art schaue ich die anderen Jungs ja nicht an. Aber vielleicht ist es doch so. Oder?
Nun, to continue:
Mittwoch morgen. Ich sah Kim. Kim sah mich nicht. Wenigstens konnte ich nicht feststellen, daß sie mich sah. Möglicherweise sah sie mich dennoch, vermied es aber, mich so anzusehen, daß ich es merkte. Vielleicht fragte sie sich, ob ich tatsächlich dieser triefende Idiot gewesen war, der gestern auf dem Friedhof stand? Vielleicht hatte ich sie erschreckt? Sie hielt mich vielleicht für einen Psychopathen oder so was?
Natürlich nicht.
Es wurde Donnerstag und dann Freitag.
Ich lief wie in Trance herum. Antwortete, wenn man mich ansprach, aber viel mehr war nicht drin. Immer wieder wälzte ich den Gedanken hin und her, daß ich etwas tun müsse, daß ich ganz einfach jetzt anrufen müsse. Kim anrufen. Kim anrufen.
Immerhin kam ich zu dem Schluß, daß es ausgeschlossen war, ihr face to face zu begegnen. Das würde ich schlicht und einfach nicht verkraften. Total unmöglich. Out of the question. Vor allem nach The Graveyard Incident. Der Gedanke, sie anzurufen, war erschreckend genug, thank you very much.
Das Telefon ist eine bemerkenswerte Erfindung. Man braucht seine Stimme bloß unter Kontrolle zu haben, dann funktioniert es ausgezeichnet. Zum Beispiel ist es sehr viel einfacher, am Telefon zu lügen, nicht wahr?
Oder mit jemand Schluß zu machen. Möchte nicht wissen, wie viele Leute das per Telefon erledigen.
Die meisten Abkanzelungen und Beschimpfungen finden

bestimmt per Telefon statt. Man braucht sich ja nur ein wenig anzustrengen, und schon nimmt die Stimme einen drohenden Klang an, selbst wenn man nur ein kleinwüchsiger, schmächtiger Zwerg ist. Ja, sogar mein Vater klingt drohend, wenn man ihn nur am Telefon hört und nicht weiß, wie er aussieht.
Also: ich würde anrufen.
Ich würde Kim anrufen.
Aber was zum Henker soll ich sagen? Womöglich blamiere ich mich unsterblich, suppose I make a complete idiot of myself.
Dafür brauchst du dich nicht besonders anzustrengen, sagte eine spöttische Stimme.
Nach The Graveyard Incident war alles schwieriger geworden, und das war ganz und gar meine eigene Schuld, ich elender Hornochse – was hatte ich dort auch zu suchen gehabt?
Gleichzeitig jedoch hegte ich die Erinnerung an The Graveyard Incident voller Inbrunst. Das war eine Erinnerung, die ich für immer behalten wollte und die so schön war, daß ich fast in Tränen ausbrach, wenn ich daran dachte:
Die Kirche,
der Friedhof,
die mit Laub bestreuten Kieswege,
die regenblank glänzenden Grabsteine,
die kahlen Birkenzweige,
Kim,
Kims Augen,
Kims rätselhaftes Lächeln.
(Von mir aus konnten sie die Mona Lisa im Louvre zur Wand umdrehen – was war ihr Lächeln schon compared to Kim's?)
Ja, ja, ja...
An der Grenze zum Schmalz, stimmt's? Aber schön, das müßt ihr zugeben!
Es wurde Freitag abend, und da kam mir Kim zu Hilfe,

aber nicht *Kim.* (Schon gut, jetzt werde ich das Geheimnis lüften.)
Als das Programm in der Glotze zu Ende war und ich gute Nacht gesagt hatte, begab ich mich in mein Zimmer und schaltete das Radio ein. Ich landete mitten in einem Lied, das ich noch nie gehört hatte und das von einem Mädchen gesungen wurde, deren Stimme mir fremd war:
„Honey, don't be afraid to fall,
just take a look in my eyes,
come and give it a try."
Die Stimme bohrte sich mir direkt in den Leib, sie implodierte in mir (das Gegenteil von explodieren), sie begann, meine Verwirrung zu vermessen, sie errichtete Wegweiser und Grenzpfosten, sie fotografierte und archivierte, sie sorgte dafür, daß alle Teile an ihren Platz fielen, während sie gleichzeitig alles hervorhob, was in mir war, meine Sehnsucht und mein ... na ja, whatever.
Noch nie hatte ich so ein gutes Lied gehört.
Ich wartete und lauschte. Lauschte und wartete auf the fade out. Dann kam der Sprecher:
„Sie hörten ‚She hasn't got time for you' mit Kim Wilde."
Kim!
Ich hatte mir immer eingebildet, Kim Wilde sei das Letzte, ein Schlagerpüppchen, das nicht singen konnte. Offensichtlich hatte ich mich geirrt.
„Don't be afraid to fall."
Genau. Exactly. Exactamente.
Das waren genau die Worte, die ich hatte hören müssen. Warum war ich das überhaupt – afraid to fall? Was spielte das schon für eine Rolle? Keine! Also, ich meine, verglichen mit dem Ozonloch, Kernkraftkatastrophen und Atomraketen.
Come and give it a try.
Genau das war es, was ich tun würde.
Ich ging ins Bett, und in mir wurde gejubelt, Hurra geschrien und Karneval gefeiert.

26

Na ja, und an viel mehr kann ich mich nicht erinnern. Peinlich, aber wahr. Es ist das gleiche Gefühl, wie wenn man nachts etwas geträumt hat, aufwacht und den Traum irgendwo im Hinterkopf spürt, ohne ihn erwischen zu können. Der Traum ist eher ein nebelhaftes feeling als eine deutliche Erinnerung mit konkreten Einzelheiten.

Eigentlich kann ich mich nur an eine einzige Sache deutlich erinnern, und zwar: als ich an diesem Samstag mit Tante Agnes am Tisch saß und aß, fuhr mir urplötzlich der Gedanke durch den Kopf: Verdammt komisch, daß Kim mit dem *Fahrrad* zur Schule fährt, obwohl sie doch ein gutes Stück außerhalb der Stadt wohnt. Sie kann doch kaum die *ganze* Strecke radeln?

Diese alberne Frage nistete sich in mir ein. Sie wiederholte sich immer wieder von vorn. Ich versuchte, mit allen möglichen Erklärungen aufzuwarten, aber die Frage gab sich nicht damit zufrieden. Sie machte alle meine Versuche zunichte, mich darauf zu konzentrieren, was ich sagen sollte, wenn ich nachher Kim anrief.

Honey, don't be afraid to fall.

Ansonsten ist der Samstag eine einzige verschwommene Collage, wie von einem nebligen Abend in London. A blur, wie sie dort sagen.

Übrig geblieben ist nur ein feeling – aber nicht irgendein beliebiges feeling.

So, und jetzt wird es echt schwierig.

Dieses feeling, das ich hatte, als ich mit Kim sprach, war mir bisher völlig unbekannt. Und es ist fraglich, ob man es überhaupt anderen Leuten erklären kann, die so etwas vielleicht auch noch nie gekannt haben.

Es war wie...

Ja...

Also, es war, wie wenn man in einem heftigen Gewitter bei strömendem Regen durch einen großen, dichten Wald irrt, von Minute zu Minute mehr davon überzeugt wird, daß man sich endgültig verlaufen hat, und man fühlt, wie die Panik einem den Magen lähmt, und da:
plötzlich,
plötzlich weicht der dichte Wald zurück, man schlägt sich noch durch ein stechendes, dorniges Gestrüpp und steht dann ganz unerwartet auf einem Felsen, unter dem das offene, frische Meer sich zu allen Seiten ausbreitet soweit das Auge reicht, das Gewitter verzieht sich, der Regen klingt ab zu einem sanften Nieseln, und man weiß wieder genau, wo man ist. Vor lauter Erleichterung hebt man beinahe ab wie ein großer Luftballon.
Gut so? Erklärt das etwas? Habt ihr es jetzt kapiert?
Das hoffe ich wenigstens.
Nun, das war das Gefühl, das ich hatte, als ich mit Kim sprach.
Diese Erleichterung, dieses überströmende Glück machte die Dinge nicht gerade einfacher, das kann man nicht behaupten. Wenn ich mit dem „Verirrt-im-Wald"-Gleichnis fortfahren soll, könnte man es so audrücken:
Obwohl man nun auf seinem Felsen steht und fühlt, wie die ballonbefreiende Erleichterung einen erfüllt, muß man einsehen, daß es verdammt knifflig werden wird, zum Strand hinunter und von dort zur Stadt zu gelangen. Man schaut sich um, und alles was man sieht, ist eine nackte Felswand, die fast senkrecht nach unten abstürzt. Sieht so gut wie hoffnungslos aus. Aber gleichzeitig weiß man, daß man es trotzdem schaffen wird, selbst wenn es wahnsinnig schwierig und anstrengend zu werden verspricht – selbst wenn man ein paar Schürfwunden abbekommen und sich Hände und Füße verstauchen wird. Aber es wird gehen.
So ungefähr war es.
Habt ihr's kapiert? Habt ihr jetzt wenigstens eine kleine *Ahnung* von dem feeling?

27

„Sandell“,
sagte eine Frauenstimme, die vermutlich Kims Mutter gehörte.
Ich war sehr höflich (das bin ich immer, wenn ich mich danach fühle), sagte meinen Namen und fragte, ob Kim möglicherweise zu Hause sei.
„Ja. Einen Augenblick“,
sagte Kims Mutter.
Ich hörte, daß sie den Telefonhörer irgendwo hinlegte, vermutlich auf einen Tisch oder eine Bank oder so. Sicher konnte ich natürlich nicht sein – ich hatte ja keine Ahnung, wie es dort am Sandellschen Telefon aussah. Genausogut hätte sie den Hörer auf eine Badewannenkante abgelegt haben können.
Ihre Schritte entfernten sich. Plötzlich sah ich das Zimmer vor mir. Es war ein großes Zimmer, das sich über zwei Stockwerke erstreckte, so daß sie in der Mitte des Raumes ein paar Treppenstufen hinabsteigen mußte.
(Womit ich mich total irrte – logisch!)
Weit hinten im Telefonhörer hörte ich, wie eine Tür geöffnet und wieder geschlossen wurde. Ich glaubte, Kim etwas sagen zu hören, doch das war bestimmt Einbildung.
DANN:
Schritte. Schritte, die näherkamen. Die Schritte einer anderen Person. Weichere Schritte. Kim, dachte ich. Jetzt kommt Kim.
Here she comes.
Come and give it a try.
Don’t be afraid to fall.
Jetzt sterbe ich, dachte ich. Ich war felsenfest davon überzeugt, sterben zu müssen. Jetzt setzt mein Herz aus.

Plopp, macht es einfach. The End. Und dann kommt Tante Agnes heim und findet mich und stirbt selbst fast vor Schreck, und Kim wird nie erfahren, was ich über sie gedacht habe.
Der Wald schloß sich dichter um mich.
Ich kämpfte mich durchs Gestrüpp, hackte bedrohlich wuchernde Zweige mit meiner Machete ab. Das Gestrüpp war fast undurchdringlich. Der Regen peitschte herab. Das Atmen fiel mir schwer. Ich hatte
THE POINT OF NO RETURN
erreicht.
Es gab kein Zurück mehr.
This is it.
Ich hätte natürlich den Hörer auflegen können, aber diese Alternative war mir in keiner Sekunde bewußt. Der Hörer schien mit mir verwachsen zu sein, es war, als läge ich selbst dort bei Sandells auf dem Tisch oder auf der Bank, und als wäre Kim zu mir persönlich unterwegs.
Sie sah mich mit demselben steten, leicht neugierigen Blick an wie auf dem Friedhof.
Don't be afraid to fall.
„Hallo? Hier ist Kim",
und da wich das Gestrüpp zurück, und das Meer öffnete sich vor mir.
„True love leaves no traces",
sagte ich.

28

Nein, ist doch klar, daß ich das nicht sagte – oder habt ihr das etwa geglaubt?
In Wirklichkeit sagte ich:
–
Also, daran erinnere ich mich nicht mehr. Keine Ahnung, was ich sagte, ich weiß nur, daß ich viel sagte. Ich legte sofort los. Alle Schleusen wurden geöffnet, die Decke stürzte ein, der Himmel leuchtete über mir – und ich redete und redete. Herrgott, was hab ich geredet, ihr hättet mich hören sollen. Das meiste war natürlich nur Gelalle, aber es war notwendig, doch, ja, es war absolut notwendig.
Und (THANK GOD!) Kim schien nichts dagegen zu haben.
Sie legte den Hörer nicht auf, sie stöhnte nicht, sie stieß keine tiefen, müden Seufzer aus, sie verhöhnte mich nicht.
Und:
SIE KICHERTE NICHT!
Nein.
SIE KICHERTE NICHT!!!
Sie hörte zu, sie sprach, sie antwortete, sie lachte mit weicher Stimme, sie fragte. Anfangs klang sie etwas abwartend, aber das war doch wohl selbstverständlich.
Schon nach ein paar wenigen Minuten badete ich in einem salzigen Meer aus Schweiß.
Und genau das meine ich – stellt euch vor, ich wäre persönlich dort im Zimmer anwesend gewesen, in the flesh, stellt euch vor, ich wäre ihr in einem Sessel gegenüber gesessen! Während mir der Schweiß von der Stirn troff! Was hätte das für einen Eindruck gemacht!
Nein, das Telefon ist einfach super, und inzwischen weiß

ich genau, warum das Bildtelefon sich noch nicht durchgesetzt hat. Die wenigsten Leute haben nämlich Lust darauf. Rein technisch müßte man Bildtelefone ohne weiteres serienmäßig herstellen können, Microchips und Laserstrahlen und so gibt es ja genug. Und warum haben sie es noch nicht getan? Warum haben sie das Bildtelefon noch nicht auf den Markt gebracht? Doch nur deshalb, weil niemand es haben will.

Ich war VERDAMMT dankbar, daß ich mich dank einer ganz normalen alten Bell-Erfindung unterhalten konnte. Ich konnte mir nämlich nur zu gut vorstellen, wie ich aussah und welch ein Bild ich am Bildtelefon abgegeben hätte: verschwitzt, glasig irrender Blick, verkrampft, den Hörer an ein zerquetschtes rechtes Ohr gepreßt, die linke Hand wie irr eine Ecke des Telefonbuches zerfleddernd.

Und dann redete ich:

Red, red, brabbbel, plapper, ach so, aha, red, red, red, schluck, schluck – äh, hm, ähöh, schluck, red, red, red.

Wir redeten.

WIR redeten!

Kim sagte:

„Ja, doch, sehr gern“,

als ich sie fragte, ob sie nicht mit mir ins Kino gehen wolle.

Okay, ich weiß, ich weiß, besonders originell war das nicht. Na und – wenn schon??

Wir wollten uns am Sonntag treffen. Um halb sieben vor dem Kino. Am Sonntag.

Das heißt – morgen.

Tomorrow.

29

This is tomorrow calling

Die Eingangshalle des Kinos. Hoch. Hell. Viel zu hell. Eintrittskarten in der verschwitzten Hand.
„Hallo."
Das Lächeln. Der neugierige Blick. Ein neugieriger Blick, der kurz zur Seite gleitet, ein leichtes Erröten.
Tastende Worte, tastende Blicke.
Don't be afraid to fall.
Gelächter.
Eine kleine Lachfalte an der linken Wange, direkt neben ihrem Mundwinkel. Wie eine Klammer:
(
Endlich, endlich: Die Werbefilmdämmerung im Zuschauerraum. Setzen uns. Streifen uns kurz, werden heiß, zucken nicht zurück, warten ab.
Werbefilme. Hoffentlich kommt keine Werbung für Tampons, das würde ich nicht verkraften... Oder für Clearasil, bestimmt hat sie gesehen, daß ich mir die Stirn vollgeschmiert hab und das Kinn direkt unterm Mund...
Vorschau.
Vorspann.
Beruhigend laute Musik.
Hoffentlich kommen nicht allzu viele Sexszenen vor – dann wird es im Zuschauerraum immer so unangenehm still...
Geflüsterte Worte. Es ist Kim, die flüstert. Kim, die geflüsterte Worte flüstert, Worte, die bewirken, daß alles sich löst, daß ich abhebe, obwohl ich sitzen bleibe.
Nachher werde ich natürlich an den total falschen Stellen lachen, wenn sonst kein Mensch lacht. So ein typisch un-

mögliches Pferdewiehern, das sich nicht aufhalten läßt, das einem aus dem Mund herausexplodiert, ohne Vorwarnung...

Aber das macht nichts.

Das macht nichts.

DAS MACHT NICHTS.

Hier bin ich. Ich sitze neben Kim. Von hier bis Kim ist es nur eine kleine Bewegung – ich brauche nur die Hand leicht anzuheben, um ihren Arm zu berühren.

Sie verströmt einen schwachen Duft. Ich glaube, es ist ihr Haarwaschmittel, das riecht viel besser als im Werbefilm.

Hoffentlich rieche ich nicht nach Schweiß. Bevor ich ging, hab ich mir eine Unmenge Deodorant draufgeklatscht, vielleicht *zu* viel, vielleicht STINKE ich jetzt nach parfümiertem Deodorant?

Ob Kim wohl dasselbe denkt? Zerbricht sie sich über ähnliche Dinge den Kopf?

Was denkt Kim?

Wer ist Kim?

Von hier bis Kim, das ist nur eine Bewegung, aber dennoch ist es sehr, sehr weit, und bis ich ganz angekommen bin, ist es noch viel weiter, bis ich jene Kim, die innerhalb von Kim existiert, ganz und gar erreicht habe.

Ich werde sie erreichen. Ich werde ankommen.

Sie und ich, wir werden ankommen.

WIR werden ankommen.

Und ich hoffe, daß wir niemals eine Schlußklammer setzen werden.

Nie)

Immer (